QUERIDÍSIMO MILTON JAMES

N.R. WALKER

DERECHOS DE AUTOR

Nota de la autora

Todas las fechas de reclutamiento y las referencias al servicio de las fuerzas de defensa son ficticias. El autor reconoce que no hubo reclutamiento en las fechas mencionadas.

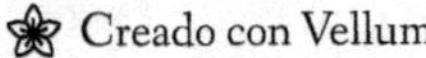 Creado con Vellum

SINOPSIS

Malachi Keogh se encuentra en un trabajo que no quería ni pidió cuando su padre, jefe del servicio postal de Sidney, le envía al final de la línea del negocio, también conocido como La Oficina de la Carta Muerta. Malachi espera un trabajo tedioso y aburrido, pero en vez de eso descubre un almacén con un peculiar grupo de compañeros de trabajo inadaptados, incluido un jefe estoico y empollón, Julian Pollard.

Al principio, Julian le intriga, y pronto se da cuenta de que hay algo más en el hombre que su aburrida ropa de color beige, tostado y marrón; algo que dista mucho del rosa intenso, el lila y el azul eléctrico de Malachi. Mientras que Julian es tranquilo y ordenado, Malachi es el caos personificado, pero a pesar de sus diferencias externas, hay una química inmediata entre ellos que hace que la cabeza -y el corazón- de Malachi de vueltas.

Para mantener a su padre contento, Malachi necesita conservar su trabajo. También necesita resolver el misterio de la pila de cartas viejas que se encuentra en la oficina de Julian y tal vez llegar al fondo de lo que hace que Julian se active. Como todo lo que pasa por el centro de correo, sólo el tiempo dirá si Malachi ha encontrado su destino o si se encontrará devuelto al remitente.

Queridísimo Milton James

N.R. WALKER

CAPÍTULO UNO

¿SABÉIS que hay una brizna de paja que supuestamente rompe la espalda del camello? Pues bien, la he encontrado. ¿Y la línea invisible que uno cruza con ese paso de más? Sí, bueno, aparentemente, la encontré también.

Vale, así que probablemente no era sólo una brizna de paja... Tal vez era una paca entera. Y esa línea "invisible" podría haber tenido señales de advertencia de acercamiento como las salidas en una autopista.

O lo que sea.

Me senté en el asiento trasero con mi padre mientras su chófer nos escoltaba desde la oficina central del servicio postal en la Calle Pitt hasta algún almacén del infierno postal en el suburbio industrial de Alexandria, en Sydney. Y, por si no fuera suficiente la bronca que me había dado en su oficina durante toda la mañana, la bronca continuó en el coche.

—Tienes que madurar Malachi —dijo mi padre no por primera vez—. Tienes veintisiete años. No tienes responsabilidad, ni consecuencias. Y eso es culpa mía. Como tu padre, te he permitido salirte con la tuya en demasiadas ocasiones. Tu hermano y tu hermana han cargado con...

Lo ignoré y, poniendo los ojos en blanco, miré por la ventana. Mi hermano y mi hermana, muy queridos y muy heterosexuales, eran los hijos perfectos, abriéndose camino rápidamente desde los puestos de trabajo de nivel básico, trabajando duro, produciendo un promedio de 2.5 nietos, y teniendo vallas de madera en casas suburbanas con hipotecas responsables.

Yo, en cambio, acababa de arruinar otro trabajo, me fui de juerga, pasé una noche acogedora en un calabozo de la comisaría de Kings Cross y fui liberado bajo la muy responsable custodia de mi todavía cabreado padre.

Ahora, no es que a él no le gustara exactamente el hecho de que yo fuera gay. Tampoco le encantaba. Tampoco le gustaba mi cabello negro desgreñado con un mechón azul ni mis Doc Martens azules brillantes. O el hecho de que hubiera combinado una camisa de negocios y una corbata con mis vaqueros negros desteñidos y con agujeros en las rodillas. Me había dicho que me vistiera de forma respetable, así que lo hice. Era mi corbata elegante y todo...

—Tu madre insistió en que te diera una última oportunidad —dijo mi padre. Casi había olvidado que estaba hablando. El zumbido incesante tendía a desaparecer después de varias horas—. Esta es tu última oportunidad, Malachi.

Me resistí a suspirar. Sí, poner mis cosas en orden era probablemente una buena idea. Pero todos esos trabajos de oficina de mierda que había insistido en que aceptara no eran para mí. Cada vez que intentaba explicárselo, se negaba a escuchar, soltando frases sobre "no siempre se consigue lo que se quiere", bla, bla, bla, y al final dejé de intentar razonar con él.

De todos modos, no habría importado.

Condujimos por las estrechas y abarrotadas callejuelas de Alexandria y entramos en el aparcamiento de un oscuro almacén. En realidad, no parecía oscuro. Parecía abandonado. Era viejo, de ladrillo oscuro, con un tejado en forma de diente de sierra y ventanas para la iluminación natural, y había un muelle de carga en un lado. Quizá había sido una antigua fábrica o un molino en algún momento.

Sería un gran club nocturno.

Papá salió del coche y yo le seguí de mala gana.

—He movido algunos hilos para conseguirte este trabajo —me recordó—. Por favor, no me decepciones.

Uf. La única palabra con "d" que no me gustaba.

Entramos por la puerta que conducía a un pequeño pasillo de entrada. Todo era decididamente beige: paredes beige, suelo de linóleo beige, asientos beige. Dios, qué miserable. Luego pasamos por otro par de puertas dobles que daban a la parte principal del almacén... y vaya mierda. Parecía el interior de un almacén de un cruce entre una vieja película de guerra y un episodio de *Expedientes X*.

El lugar era más grande de lo que parecía desde el exterior. El tema del beige continuaba hasta una oficina con tabiques de cristal y lo que parecía un salón de té, aunque no podía ver a nadie. Había algunos cubículos en la parte delantera, y luego filas y filas de enormes estanterías llenas de cajas de todas las formas y tamaños. A lo largo de una pared había archivadores y esos viejos cajones de catálogos de las bibliotecas antes de que existieran los ordenadores. A lo largo de la otra pared había carros tipo jaula metálicos llenos de más cajas y sobres, y en algún lugar de las profundas y altas filas de estanterías sonaba algún tipo de maquinaria. ¿Una carretilla elevadora quizás?

Mucho beige.

—Por aquí —dijo mi padre, caminando hacia la oficina. Llamó a la puerta y un hombre levantó la vista, sobresaltado.

También era de color beige. Bueno, no él, exactamente. Estaba tan pálido que me pregunté si era alérgico al sol. Pero su oficina, su escritorio, su cabello, sus gafas, su chaqueta de punto eran todos de diferentes tonos de marrón. Cristo en una maldita galleta beige.

—Ah —dijo con una voz más grave de lo que esperaba. Se puso de pie—. Sr. Keogh. Pase, por favor.

Mi padre entró en el despacho, se desabrochó la chaqueta del traje y se sentó frente al Sr. Beige. Yo hice lo mismo, sólo porque no me ilusionaba con llegar lejos si decidía salir corriendo.

Mi padre hizo un gesto en mi dirección.

—Este es Malachi Keogh —dijo con una clara decepción—. Malachi, este es el Sr. Julian Pollard, tu nuevo jefe.

Julian Pollard, de color beige, me dirigió una severa inclinación de cabeza.

—Encantado de conocerte.

Le dediqué una sonrisa.

—Igualmente.

Mi padre puso cara de decepción.

—A Malachi se le ha dicho que no espere ningún trato especial. Debe comportarse responsablemente como todos los demás, y desempeñará sus funciones como se espera de cualquier empleado. También puede ser despedido como cualquier otro trabajador.

Puse los ojos en blanco, y el Sr. Beige lo vio. No parecía impresionado, ni conmigo ni con mi gesto, pero no me importó. Tenía un aire de profesor y maestro que podía apreciar totalmente. En mi época, había favorecido algunos de esos vídeos porno en GayHub. Pero no importaba. No iba a estar aquí mucho tiempo.

Si le gustaba o no, ni ponía ni quitaba.

Me sentía como un niño en su noche de padres y profesores, recibiendo los mismos discursos de siempre del tipo "Malachi sacaría mejores notas si estudiara/hablara menos/hiciera sus trabajos/se presentara en clase". Y supongo que, en muchos sentidos, eso es exactamente lo que era.

Mi padre me estaba llevando literalmente a mi entrevista de trabajo... Bueno, técnicamente era mi primer día... del trabajo que mi padre me había conseguido.

Fingí que no estaba avergonzado.

Luego fingí que había escuchado lo que sea que habían estado hablando, lo cual definitivamente no había escuchado. Mi padre se levantó, se abrochó la chaqueta y se despidió del Sr. Beige.

—Gracias de nuevo. Malachi, volveré a recogerte después de las cinco.

Espera... ¿qué?

¿Cinco qué?

—¿Cinco qué?

No contestó. Se limitó a girar sobre sus talones y salir.

—¿Cinco qué? ¿Minutos? —grité tras él, pero era demasiado tarde. Ya se había ido.

—Creo que quería decir las cinco en punto —respondió el Sr. Todo-Marrón.

Las cinco...

Había un reloj en la pared, que de alguna manera también era de color beige, que indicaba que eran poco más de las diez.

—Por casualidad, no es la hora de Londres, ¿verdad?

El Sr. Topo se levantó, y llevaba unos pantalones

marrones y unos zapatos marrones. Por el amor del bronceado…

—Te mostraré el lugar y te diré dónde empezar —dijo dirigiendo su mano hacia la puerta.

Oh, diablos, no.

Estaba a punto de salir, decir gracias pero no gracias, y arriesgarme con mi padre cuando el Sr. Beige miró a la puerta y sonrió.

—Qué oportuno. Es la hora del té de la mañana. Te presentaré al equipo.

—Oh, ¿sabes qué? —intenté—. Está bien. No creo que…

—El señor Keogh fue muy claro —contestó, su profunda voz tirando de un hilo en el fondo de mi columna vertebral. Habló con tanta autoridad y certeza que empecé a pensar que había sacudido alguna jaula de perversiones en mi cerebro que encontraba calientes a los papis-profesores.

O a él…

¿Era sexi? Con su pelo domado, sus gafas marrones, su cárdigan marrón…

Un cárdigan, Malachi. En ninguna definición bajo ninguna circunstancia eso es sexi.

Excepto que lo era un poco…

—¿Malachi?

—¿Sí? —respondí demasiado rápido.

Estaba de pie en la puerta con una ceja no impresionada levantada.

—Por aquí, por favor.

Me puse en pie y le acompañé a la sala de descanso del personal. Había cuatro personas que se detuvieron a mirar, con tazas de café en la mano. Y uno a uno, agonizantemente, fui presentado.

Paul, de unos sesenta y tantos años, con su pelo corto y gris, sus mocasines grises y su abrigo de camionero. Se parecía a Jeremy Irons... si Jeremy Irons hubiera protagonizado alguna vez una película como un abuelo camionero que entregaba regalos a niños enfermos en Navidad. O tal vez un abuelo camionero que asesinaba a los autoestopistas en la carretera. Honestamente, podría haber sido de cualquier manera.

Cherry era una chica gótica, de unos veinticinco años. Llevaba una falda de cuadros morados sobre mallas negras, una camisa negra, con un peinado corto de corte recto negro, delineador de ojos oscuro y labios oscuros. Me miró de arriba abajo y, después de fulminarme con la mirada, me hizo un gesto con la cabeza. Y todo el mundo sabe que un movimiento de cabeza de una chica gótica es lo mejor que te puede dar.

Theo tenía unos treinta años, llevaba vaqueros, zapatillas de deporte y un chaleco de forro polar sobre lo que creo que era una camiseta de fútbol. No me fijé demasiado. Gritaba que era un hombre hetero que aún vivía con sus padres, pero sonrió ampliamente e inmediatamente me sentí mal por juzgarlo.

Y Denise, una mujer de cuarenta y tantos años que llevaba pantalones cortos de trabajo KingGee, botas Timberland y una camisa de franela remangada. Tenía el pelo corto y rubio, afeitado por un lado. Tenía tatuajes en los antebrazos y, aunque parecía pequeña, calculé que sería fuerte como un buey y también alguien muy divertido con quien ir a emborracharse un viernes por la noche.

—Este es Malachi —dijo el Sr. Sexi Beige—. Sustituye a Glenda.

Todos fruncieron el ceño y miraron hacia una foto en la pared, que rápidamente comprendí que era un santuario. Había una foto conmemorativa de una señora mayor pegada en la pared, como una placa, pero ésta estaba en papel de aviso funerario de color púrpura y pegada con pasta adhesiva junto al plan de seguridad contra incendios.

Qué bonito.

El señor Topo esperó un momento respetuoso antes de continuar.

—Esta mañana le enseñaré a Malachi lo que hay que hacer. Luego, Paul, podrá trabajar contigo esta tarde.

Paul me sonrió.

Oh, qué bien. El camionero asesino en serie. Qué divertido.

Saludé. No como Forrest Gump, más bien como uno de esos osos del sol atrapados en un zoológico. Entonces, como me sentía como un idiota, decidí abrir la boca y demostrar que lo era.

—No sé cuánto tiempo estaré aquí. Hasta que vuelva a decepcionar a mi padre, sin duda, así que probablemente no mucho. Las probabilidades no están definitivamente a mi favor para eso, dejadme deciros. Es el jefe del servicio postal, para que lo sepáis. Pero, por favor, no me lo tengáis en cuenta.

El Sr. Jefe Marrónez dudó.

—Yo... en realidad no iba a decirles eso.

—Bueno, prefiero decirlo para que todos lo sepáis. Así no hay sorpresas más adelante. No soy un espía ni nada por el estilo. Porque creedme, él no me elegiría para eso. Creo que las palabras que usó mi padre fueron "decepción infantil", lo cual, quiero decir, técnicamente no es equivocado. Pero... en fin, me estoy desviando del tema. Estoy seguro de que todos aquí sois muy amables, y DEP Glenda. —Señalé hacia la foto conmemorativa, entrecerrando los ojos para ver los detalles—. Estoy seguro de que cualquiera con cinco gatos y un acordeón sería amigo de todos. No me di cuenta de que estaba sustituyendo a nadie, y no es mi elección estar aquí, sino más bien un castigo por todo el asunto de "llevar una falda al trabajo" y "ser arrestado por ebriedad y desorden público". No estaba borracho en el trabajo, para que quede claro. Y no es que trabajar aquí sea un castigo en absoluto; eso suena mal y no lo digo de mala manera... —*Cristo, Malachi, deja de hablar*—. Pero en fin, lo que quiero decir es que probablemente no estaré aquí mucho tiempo, así que sentiros libres de no gastar demasiado tiempo o energía en entrenarme o conocerme. Sinceramente, es comprensible, y eso es todo. Ya he terminado de hablar para siempre.

Los cinco me miraron fijamente durante unos largos segundos.

Luego Paul resopló una carcajada y dio un sorbo a su café. Theo señaló con la cabeza la cocina.

—Busca una taza de café en la alacena. La leche está en la nevera.

Cherry se llevó la taza de café a los labios, con la cabeza agachada y sentada a la mesa, de cara a la pared. Y Denise soltó una carcajada de fumadora.

—Me encantan tus botas. ¿Las compraste en la tienda de Newtown?

—Eh... —parpadeé. ¿Nadie se había dado cuenta de mi verborrea de hace un momento?

El Sr. Alto y Topo puso su mano en mi codo.

—Vas a querer lavar primero cualquier taza de café que uses si ha estado en la alacena por un tiempo. Y acuérdate de lavarla después.

Todavía estaba un poco aturdido. O todo el mundo aquí estaba acostumbrado a cierto tipo de locura o yo había entrado en un episodio de *Dimensión Desconocida*. Empezaba a pensar que era lo segundo.

Escogí una taza de café del fondo del armario, que era

de un espantoso tono pardo rojizo con una flor naranja pintada en ella. Lo más probable es que llevara aquí desde 1973 y que la probabilidad de que alguien la usara en algún momento de los últimos cuarenta años fuera escasa o nula. Ni siquiera me importó que todos me vieran lavarla a conciencia, dos veces, antes de usarla.

Cuando terminamos el café, el Sr. Pardo y Fino comenzó su recorrido por el almacén.

—Así que este es el Centro de Redirección de Correo. Antes se llamaba Oficina de Cartas Muertas, pero eso sonaba tan... terminal. De todos modos, recibimos más de dos mil cartas y paquetes que no se pueden entregar todos los días y tenemos que hacer todo lo posible para averiguar quién era el destinatario, o en su defecto, quién era el remitente y hacer que se entreguen.

—Lo siento —interrumpí confundido—. Déjame explicarte algo muy rápido sobre cómo va a ser esto. No me voy a quedar.

El Sr. Beige sonrió, sus labios eran rosados, sus ojos marrones brillaban detrás de esos marcos marrones. Ese magnífico hijo de puta sonreía como si supiera algo que yo no sabía. Sonrió como si esto *fuera* la Dimensión Desconocida y yo hubiera entrado en el Hotel California y, una vez registrado, nunca podría salir.

Ignoró por completo mi petición de salir y señaló con la mano uno de los cubículos.

—Y este es tu escritorio.

CAPÍTULO DOS

—¿ASÍ que todos estos paquetes y bultos están llenos de cosas que la gente ha intentado enviar a alguien? —pregunté.

El Sr. Beige, es decir, el Sr. Pollard. Realmente tenía que dejar de llamarlo con nombres beige en mi cabeza porque sin duda empezarían a salir de mi boca. El señor Pollard me estaba mostrando el almacén.

Asintió.

—Sí. La mayoría podemos entregarlos a su destinatario, algunos a su remitente. Hay que investigar un poco, pero eso es lo que hacemos. Tenemos una tasa de éxito del setenta por ciento.

—Parecía muy orgulloso de ello.

—¿Por qué sale tan mal? —le pregunté—. Quiero decir, ¿cómo se equivoca tanto la gente?

Se detuvo en un estante y sacó un paquete al azar. Era una caja marrón del tamaño de una caja de zapatos, con evidentes daños causados por el agua. Le dio la vuelta en sus manos.

—La etiqueta estaba estropeada, la escritura desapareció cuando se mojó. No tiene remitente.

—¿Así que se queda aquí sin abrir para siempre?

—No. —Volvió a poner la caja en su sitio—. La abrimos para ver si hay alguna prueba de propiedad.

—¿La abrís? ¿No es eso un delito federal? No podéis abrir el correo de otra persona.

—Nosotros y la aduana somos las únicas agencias que no requieren permiso para abrir cualquier correo.

Esto me sorprendió un poco.

—¿Qué tipo de pruebas de propiedad estáis buscando?

El Sr. Pollard se encogió de hombros.

—Cualquier cosa, desde cartas, fotografías, nombres en tarjetas, números de teléfono, facturas, direcciones de correo electrónico. Algo que nos dé una identificación. Ese tipo de cosas.

Me lo pensé un segundo.

—¿Fotografías? ¿Cómo en los viejos tiempos?

Se rio.

—Te sorprendería. No todas las fotos son digitales. Sé que no es fácil de creer para alguien de tu edad.

—Tengo veintisiete años —ofrecí sin ninguna razón en absoluto. Probablemente porque parecía tener dieciséis.

—Lo sé. Tu padre me lo dijo.

Hice una mueca.

—¿Te lo dijo? Desconecto cuando habla, lo siento.

—Me di cuenta. Y él también.

Me encogí de hombros.

—Entonces, ¿cómo se usan las fotografías para identificar y localizar a alguien? ¿Tienen un software de reconocimiento facial o algo así? —Miré a mí alrededor... Era imposible que este lugar tuviera ese tipo de tecnología.

Se rio.

—Ah, no. Pero puede haber fotografías con nombres escritos en el reverso o una foto de un grupo de personal con el logotipo de la empresa, a la que podemos llamar. Una vez, había una foto de la clase del colegio de los años ochenta, entre otras cosas en el paquete. Había una nota escrita a mano que decía: "Querido Joe, he encontrado la foto que querías. Con cariño, mamá". Miré la foto con todos los nombres de los alumnos; sólo había un Joseph. Y así de sencillo, teníamos el apellido, la escuela y la ciudad.

—Eh, eso es realmente como el trabajo de detective de policía.

Eso me valió una sonrisa.

—Lo llamamos trabajo de detective, extraoficialmente, por supuesto.

—Eso está muy bien. —Odié admitir que estaba un poco impresionado—. ¿Qué es lo mejor que has encontrado?

—Joyas, obras de arte caras, medallas de guerra. Una cantidad sorprendente de antigüedades.

—¿Algo asqueroso? ¿Cómo dedos cortados?

Me miró con extrañeza.

—Eh, no. —Luego se encogió de hombros—. Vemos algunos animales vivos de vez en cuando.

Ahora era mi turno de horrorizarme.

—¿En el correo?

Asintió y suspiró.

—Por lo general, pequeños bichos como lagartos y tortugas de camino al extranjero. Aunque la mayor parte de nuestro trabajo es muy mundano, sigue siendo muy gratificante cuando podemos entregar algo que antes se creía perdido.

—¿Qué pasa con las cosas que no se pueden devolver?

—Depende de lo que sea. Si es valioso, como joyas o dinero en efectivo, se queda aquí durante un año. Si sólo son cartas, tarjetas o ropa, quizá tres meses. Luego todo va a la subasta del gobierno.

—¿Lo venden?

Asintió.

—El gobierno lo hace, sí. Todo, desde tarjetas de regalo hasta zapatos Gucci, consolas PlayStation o herramientas eléctricas. Lo que sea.

Vaya.

Me enseñó el muelle de carga, las enormes jaulas metálicas que estaban llenas de paquetes y cartas que debíamos procesar. Luego me enseñó a usar el escáner digital y cómo funcionaba el programa informático. Después me hizo coger unos cuantos envíos e introducirlos en el sistema.

Todos los demás se dedicaron a lo suyo. Theo recorrió con su carro jaula los pasillos de paquetes ordenados alfabéticamente, luego volvió con algo, lo escaneó, tecleó un poco en su ordenador y se apresuró a volver al pasillo.

Cherry se sentó ante su escritorio, abrió unas cartas y buscó una dirección en Google Maps. Entrecerró mucho los ojos en la pantalla, mantuvo la cabeza baja en casi todo momento, se alejó por los pasillos y volvió con la nariz metida en otro juego de papeles.

Denise era la que estaba en la máquina que emitía pitidos, que resultó ser una plataforma elevadora para llegar a los estantes superiores.

—Plataforma de trabajo aéreo —me corrigió el señor Pollard—. Denise también tiene licencia para conducir carretillas elevadoras, así que si necesitas mover o recuperar algo de los estantes superiores, dale un grito.

No vi mucho a Paul... Oí silbidos procedentes de las oscuras profundidades del pasillo J-K-L y supuse que era él.

Pero todo el mundo estaba muy ocupado. Montones de

cartas, paquetes, bultos, incluso maletas. ¿Quién demonios envía equipaje por correo?

Incluso trabajé en algunos paquetes del extranjero con códigos de barras que fueron sorprendentemente fáciles de rastrear. Bueno, tan fácil como poner un formulario de envío en el portal del servicio postal del Reino Unido con los detalles del código de barras y, gracias a la magia de Internet, se recuperó la información del remitente y del destinatario.

Theo recibió una llamada de alguien que buscaba un regalo de cumpleaños de China que nunca llegó. Tenían un número de serie, así que el Sr. Pollard me pidió que lo buscara y, he aquí, que se encontraba en el pasillo S. Llevé mi pequeño escáner a esa sección y encontré una coincidencia en el código de barras.

—¿Es ese? —pregunté emocionado.

El Sr. Pollard sacó la caja, volvió a comprobar el escáner y sonrió.

—Tenemos una coincidencia.

Oh, Dios mío. Teníamos una coincidencia.

—¡Tenemos una coincidencia! —repetí, demasiado emocionado por este estúpido trabajo que me obligaban a hacer.

Theo confirmó la dirección correcta del destinatario. Lo etiquetamos correctamente y lo volvimos a introducir en el sistema.

¿Cómo es posible que fuera tan emocionante y gratificante enviar a alguien su correo? No tenía ni idea, pero lo era. E incluso traté de moderar mi entusiasmo.

—¿Puedo trabajar en otro? —pregunté.

El Sr. Pollard sonrió.

—Puedes trabajar en cientos.

—Oh.

Bueno, uno era emocionante... cien sonaba a mucho trabajo. Pero trabaje en otra carta. En el anverso ponía *No en esta dirección* y no había remitente. Dentro había un vale de descuento promocional de una empresa de belleza. Era algo de marketing masivo y era un callejón sin salida. Fue a parar a la papelera marcada para ser triturada.

No era tan emocionante como el primero, pero casi.

Pronto llegó la hora de comer, para lo cual tuve que asaltar la máquina expendedora porque había llegado aquí esta mañana con nada más que mi padre y una actitud de mierda.

Todos parecían agradables, excepto Paul. Quiero decir, él se ofreció a compartir su almuerzo conmigo. Lo cual fue amable y generoso, lo admito. Pero había visto esos episodios en el canal del crimen donde los asesinos en serie tienen cuerpos en sus congeladores, y el almuerzo de Paul parecía decididamente sospechoso.

—Es vegano —dijo Paul, todavía tratando de convencerme de comer la mitad de su comida—. Cerdo a base de plantas.

Cerdo a base de plantas...

—No gracias, pero me interesa saber qué planta utilizan para eso. Como qué planta real va en la comida a base de plantas. ¿Es una variedad de jardín general? ¿Y por qué no lo especifican?

—Creo que es soja —respondió Paul. Leyó la etiqueta—. Proteína de soja texturizada.

Intenté no hacer una mueca.

—Suena delicioso. Pero estoy bien, gracias. —Levanté mi paquete de la máquina expendedora de sodio y grasas saturadas disfrazado de patatas fritas y me di cuenta de que su almuerzo sonaba mejor que el mío—. Me acordaré de traer algo mañana.

Mañana...

¿Estaré aquí mañana?

—De todos modos —dijo Paul, con sus finos labios en una sonrisa socarrona—. Date prisa y termina tu almuerzo a base de plantas. Tenemos mucho que hacer esta tarde.

Un camionero asesino en serie con un sentido del humor muy aguerrido. Me gustó. En efecto, mi almuerzo también era de origen vegetal. Me reí.

—*Touché.*

Y así, durante las siguientes horas, Paul me mostró cómo hacía las cosas. Sus consejos eran: "lleva un solo auricular para escuchar tus canciones favoritas -sus palabras, no las mías, Dios mío- y sigue oyendo lo que ocurre en el almacén. Lleva un abrigo en invierno o te morirás de frío".

—Etiqueta todo lo que entra en la nevera, aunque el robo de comida ha cesado desde que murió Glenda, así que saca tus propias conclusiones con eso —dijo.

—¿Cómo murió Glenda? —pregunté mientras guardábamos los nuevos paquetes en el pasillo T-U—. Se veía bien en la foto de la pared. Fuerte también, para sostener un acordeón tan grande. Y todos esos gatos...

Paul casi sonrió.

—Nadie lo sabe. Un lunes no se presentó a trabajar. Julian trató de llamarla, pero no contestó, así que llamó a la policía para que hiciera una comprobación de bienestar. Resulta que había muerto el viernes anterior.

—Oh, eso es terrible.

—La encontraron en su silla. Se rumorea que los gatos se comieron sus dedos. No pueden abrir las latas de comida para gatos, así que los bichos tienen que comer algo.

Y justo cuando empezaba a pensar que no era un asesino en serie.

Intenté hacerme el interesante.

—Supongo que hay una lección en eso para todos.

Dejó de empujar el carro jaula.

—Supongo que la hay.

Bajó una caja de la estantería y le añadió una carta, escaneó la carta y la caja, e introdujo la fecha y el código para que pudiéramos encontrarla si alguien la reclamaba.

—Entonces, ¿cuál es la historia del Sr. Pollard? —pregunté con toda tranquilidad.

—¿Sr. Pollard?

Sr. Marrón. Sr. Sexi Beige.

—Eh, Julian.

—Ah, está bien. Es muy reservado. Nos deja hacer lo nuestro. Mientras el trabajo esté hecho, no le importa.

—Lleva mucho marrón.

Paul resopló.

—Nunca le he visto vestir de otro color. No como tú. Con tu pelo de pavo real y tus botas a juego.

Miré mis Doc Martens.

—Estas se llaman Estallido Color azul. Y mi pelo es noventa por ciento negro. El mechón azul a juego se llama Chico Malo azul.

—¿A todas las chicas les gusta?

—No lo sé. Pero a los chicos sí. —Lo dije sin más. Nunca había sido tímido sobre mi homosexualidad—. Y cuando me canso del azul, simplemente blanqueo el mechón azul y cambio el color. El último fue rosa. También tengo las botas a juego.

Paul me miró a los ojos y sonrió.

—Está de moda. Cuando yo tenía tu edad, lo que estaba de moda entre los chicos eran los mechones largos en la parte posterior y los bigotes.

—Qué bien. Me encanta un buen bigote porno.

Se rio y siguió empujando su carro jaula, archivando

lentamente todos los paquetes no entregados. Tuve que trotar un poco para alcanzarlo.

—Entonces, ¿qué es lo más raro que has encontrado en un paquete?

—Una caja llena de consoladores.

Resoplé.

—Bonito.

—Usados.

—Asqueroso. —Me estremecí—. ¿Hay algo que viva en la infamia? ¿Algo de lo que todavía se hable? O incluso mejor, ¿algo de lo que nadie hable? ¿Como si todos hicieran como si nunca hubiera pasado?

—Recibimos cosas raras todo el tiempo. Como dientes postizos, piernas de madera, toda una gama de juguetes sexuales, lo que sea. —Se encogió de hombros—. Nada de lo que no hablemos realmente porque es asqueroso. Pero está esa pila de cartas en la oficina de Julian de la que realmente no hablamos.

—¿Qué cartas?

Suspiró y empujó su carro jaula hasta la siguiente parada.

—Un montón de cartas de los años sesenta o setenta, creo. No sé qué hay en ellas. Estaban aquí mucho antes que yo llegara. Las encontré todas amontonadas en el fondo de alguna estantería lejana; debieron perderse hacía mucho tiempo. Pero las leyó, Julian lo hizo. Y trató de encontrar al dueño. —Deslizó una caja en la estantería y le pasó la pistola del escáner. La máquina emitió un pitido y me miró —. No podría decirte qué hay en esas cartas. Sólo que todas están dirigidas al mismo hombre, sin dirección alguna. Como si le escribiera a Santa Claus o a Jesús o algo así. — Puso los ojos en blanco—. Nosotros también recibimos muchas de esas.

Tenía toda mi atención. Esto tenía intriga escrito por todas partes. No sólo las cartas, sino por qué el Sr. Sexi Topo las conservaba después de todo este tiempo.

—¿Cuál es el nombre? En las cartas, ¿a quién van dirigidas?

Frunció el ceño mientras trataba de recordar.

—Um… no sé. Ah. —Golpeó con el dedo el carro—. Eso es. Todas están etiquetadas para un Queridísimo Milton James.

CAPÍTULO TRES

—CONFÍO en que te hayas portado bien —dijo mi padre en el coche. Volvíamos a estar los dos en el asiento trasero, su conductor fingiendo que no oía nada. Y fiel a la palabra de mi padre, me recogió a las cinco en punto. Sinceramente, creo que se sorprendió al verme todavía allí. Debió suponer que me había largado hacía horas.

—Sí, claro que sí.

—Incluso pareces... feliz.

—¿Preferirías que fuera miserable?

—No. Sólo que no esperaba que estuvieras sonriendo cuando te recogiera.

—No esperabas que estuviera aquí cuando me recogieras.

Mi padre hizo ese gesto con las cejas en el que levantaba la izquierda y sus labios estaban un poco fruncidos. Era su cara sarcástica que básicamente decía "no jodas, Sherlock" sin tener que decirlo.

—Así que vas a volver mañana —dijo. No era una pregunta. Era una afirmación. O una orden.

—¿Sabes qué? —le pregunté.

Me miró.

—Creo que podría. —Sonreí—. La verdad es que me ha gustado. No sé si me gustará mañana o dentro de una semana, pero hoy ha sido divertido.

—¿Divertido?

—Sí. No es un trabajo de oficina aburrido y no tengo que tratar con clientes gilipollas. O incluso con los agradables. En realidad no hay clientes. Salvo alguna que otra llamada telefónica. Pero no hay interacción con el público en general. Ese es el punto que me gana.

Nunca estuve hecho para un viejo y aburrido trabajo de oficina. O para tratar con la gente. Se lo había dicho cientos de veces, pero nunca me había escuchado.

—Y tenemos que hacer trabajo de detective —añadí—. Tenemos que mirar en los sobres y paquetes y tratar de averiguar quién era la persona a la que iban dirigidos. Soy como un Sherlock Holmes de la vida real.

Mi padre me miró fijamente, probablemente tratando de calibrar si estaba siendo sarcástico o no.

—Así que... ¿Te gusta de verdad?

Me encogí de hombros, buscando la indiferencia.

—Hoy me ha gustado. Y eso es más que la mayoría de los otros trabajos que he tenido.

Volvió a hacer lo de las cejas, esta vez con más sorpresa.

—Bueno, me alegro de oír eso.

—No sé por cuánto tiempo me gustará, así que no te emociones demasiado.

—¿Pero vas a ir mañana? —Ahora sí que era una pregunta.

Sonreí.

—Creo que lo haré, sí. —El coche se detuvo frente a mi bloque de pisos en Newtown—. No hace falta que me lleves en coche mañana —dije—. Puedo ir en autobús.

Esto también sorprendió a mi padre, pero cerré la puerta con una alegre floritura y un saludo y subí directamente a mi piso de una habitación. Era muy pequeño, muy viejo, algo húmedo y lúgubre -y todavía ridículamente caro de alquilar-, pero era mío.

Mi pequeño pedazo de independencia. Todo lo que había era mío: los muebles disparejos de las tiendas de artículos de segunda mano, la cristalería antigua y los platos retro, los viejos discos de vinilo de una librería de segunda mano que ahora estaban en la pared como obras de arte.

Todo era mío.

Y sí, las facturas también eran mías. Y el alquiler que tenía que pagar.

Pero en los cinco años que había vivido aquí, nunca había dejado de pagar. A pesar de mi incapacidad para encontrar o mantener un trabajo que me llamara la atención, siempre me las había arreglado para salir adelante.

Mis padres se veían envueltos en una marea constante de decepción y consternación cuando se trataba de mí. Probablemente tanto como ellos me decepcionaban a mí. Teníamos una relación extraña: ellos siempre habían puesto el listón de las expectativas y yo siempre me quedaba corto, pero admiraban mi valentía y la tenacidad con la que me mantenía firme. Rasgos que me habían regalado mi madre y mi padre, respectivamente. Y yo respetaba su moral y su ética en la política y la apertura de miras para el cambio.

No estaba especialmente unido a mi hermano y a mi hermana. Eran un poco mayores que yo. Pero en general, había mucho amor en nuestra familia. Sólo nos volvíamos locos unos a otros para igualar la balanza.

Suponía que la mayoría de las familias eran iguales.

Después de inspeccionar mi nevera, que estaba muy vacía, hice un viaje al supermercado. Cogí algunas cosas para la cena y también para el almuerzo de la semana. Estaba casi emocionado por comprar cosas para el almuerzo porque estaba emocionado por ir al trabajo, lo cual era ridículo.

Estaba seguro de que la burbuja estallaría, posiblemente mañana mismo. Podía entrar allí mañana y el Sr. Beige y Secretamente Sexi podría decidir que no encajaba en su equipo y podría despedirme.

Aunque su equipo era un grupo de inadaptados y probablemente nunca encajaría en ningún sitio más...

En cualquier caso...

Llegué al trabajo a la mañana siguiente un poco temprano -no quería llegar tarde- pero parecía que todo el mundo hacía lo mismo. Todos estaban en la sala de personal tomando su primer café, hablando de sus mañanas.

—Hola, Malachi —dijo Denise, con los ojos adormilados, pero alegre.

—Buenos días —dijo Theo alegremente.

—Bonito jersey —dijo Cherry por encima de su humeante taza de café.

Bajé la mirada hacia mi jersey de punto de color rosa y le sonreí.

—Gracias. Tengo uno amarillo brillante y otro verde manzana, pero hoy me apetecía mucho el estilo rosa chicle.

Ese era yo. Cuando hubiera bastado con un simple *agradecimiento*, tenía que abrir la boca y dejar que saliera el vómito de palabras.

Y como no había terminado del todo, saqué un pie para mostrar mis botas Converse muy rosas.

—Y por supuesto tengo que ir a juego.

—¿Tienes zapatos a juego de todos los colores? —preguntó Paul. Estaba sentado en la mesa, con el café en una mano y el periódico en la otra. No podía decidir si su pregunta era sarcástica o no, así que opté por creer que no lo era.

—En general, sí. O, si no, añado un accesorio que unifique el look. —Luego, como existía la posibilidad de que estuviera siendo sarcástico, añadí—: Sólo hay tres cosas en este mundo que pueden conseguir el estilo de colores combinados. Los gais, los Power Rangers y los Teletubbies. Y cuando digo que lo hacen, me refiero a...

Alguien se aclaró la garganta junto a la puerta.

—Buenos días.

El señor Pollard me dirigía una mirada bastante severa, como si fuera consciente de lo que iba a decir.

Volvía a vestir todo de color marrón: pantalones de color marrón topo, una camisa de color beige y un cárdigan marrón con doble costura marrón y botones marrones de gran tamaño.

¿Había un Power Ranger marrón? No lo recordaba. Pero definitivamente no había ningún Teletubby marrón. Y si no era un Teletubby o un Power Ranger, entonces, Dios mío, tenía que ser... Mierda, ¿era gay?

Mi yo interno estaba golpeando el lado de mi gaydar porque parecía haber un fallo.

Seguro que no.

¿Podría serlo?

Quiero decir, era atractivo... en el sentido de un profesor sexi. Su pelo corto y castaño, sus labios rosados y sus gafas marrones, esos ojos marrones asesinos... y no unos ojos asesinos como los de Paul, el asesino en serie, sino unos ojos asesinos del tipo "si él vuelve a dirigirme esa mirada severa, podría morir".

Tenía una confianza tranquila que me atraía. Pero el marrón...

Una elección tan extraña.

—Buenos días —dije algo tarde. Debía de llevar demasiado tiempo con mi epifanía gay. Así que me preparé rápidamente un café y traté de desaparecer.

—Eh, Malachi, ¿puedo verte un minuto? —preguntó el Sr. Profesor sexi—. Cuando hayas tomado tu café. No hay prisa. —Tomó su café y desapareció en su despacho.

Fruncí el ceño.

—¿Eso es un buen "puedo verte" o un mal "puedo verte"?

Denise se burló.

—¿Hay alguna vez un buen "puedo verte" cuando viene de tu jefe?

Oh, no...

—¿Qué he hecho? —pregunté.

—No lo sé —dijo Paul con una sonrisa de satisfacción—. ¿Qué has hecho?

—Nada. No creo. —Intenté devanarme los sesos—. Llegué temprano y traje mi propio almuerzo. —Entonces se me ocurrió algo... Jadeé, con la mano en mi corazoncito ofendido—. ¿Soy demasiado gay? ¿Debería bajar el tono? ¿El rosa es demasiado? Iba a ponerme unos tirantes fucsia sobre una camiseta de Mi Pequeño Pony, pero decidí que eso podría ser demasiado gay para el segundo día.

Denise me puso la mano en el brazo.

—Cálmate. ¿Parezco demasiado gay?

La miré de arriba abajo.

—No, en absoluto. Nombra una lesbiana leñadora que no sea lo suficientemente gay.

Theo se atragantó con su café.

—Exactamente. —Denise sonrió—. Ponte lo que quieras, sé quién quieras. Nuestra única política aquí es que seas amable, que limpies lo que ensucies y que traigas pastel para los cumpleaños. Eso es todo.

Asentí.

—Me gusta el pastel.

—Créeme —murmuró—. Pollard no tiene ningún problema con nosotros los gais. —Terminó con un guiño y se fue.

Bien, entonces.

¿Así que Pollard era gay?

Me tomé la mitad de mi café, ahora tibio, mientras intentaba no pensar en lo que Pollard podría querer de mí y decidí entrar a averiguarlo. Lavé y sequé rápidamente mi taza y llamé a su puerta abierta.

—¿Querías verme?

—Ah, sí, toma asiento. —Revolvió algunos papeles en su escritorio y puso un formulario frente a mí—. Sólo un papeleo que no cubrimos ayer.

—Ah. —Mi alivio fue instantáneo—. Pensé que había hecho algo mal.

Sonrió a medias.

—¿Cómo fue tu primer día ayer?

—Bien. Creo. Lo disfruté.

—Te pondré con Cherry esta mañana. Ella puede enseñarte más cosas básicas.

Ah.

—Eh, sólo entre tú y yo, ¿crees que podría hablar demasiado para ella?

Esta vez sonrió adecuadamente, con ojos cálidos.

—No. Creo que os llevaréis bien. Es muy buena buscando pistas oscuras en Internet.

—Oooh, pistas oscuras. Eso es emocionante. —Me di cuenta de que estaba sujetando el formulario que quería que rellenara—. ¿Tienes un bolígrafo que pueda usar?

Cogió uno de los tres bolígrafos que estaban ordenados en una fila bajo el monitor del ordenador y me lo dio.

Empecé a rellenar el tedioso formulario gubernamental de seguridad laboral, esperando no robarle demasiado tiempo. Entonces me di cuenta de que me estaba mirando escribir.

—Perdona, ¿quieres que me lleve esto a otro sitio?

Negó lentamente con la cabeza.

—En absoluto. —Parecía avergonzado—. Eh, ayer mencionaste que te habían despedido por estar borracho y hubo algo sobre una falda. ¿Es algo que deberíamos discutir? —Luego se desanimó—. Oh, me refiero a la bebida. No la falda.

—No estaba borracho ni bebiendo en el trabajo. Nunca haría eso. Me emborraché después de que me despidieran.

—¿Y por qué te despidieron? —preguntó—. Sé que debería estar al tanto de esta información antes de que fueras contratado, pero tu padre preguntó si aún teníamos un puesto vacante y yo no cuestiono al jefe de mis jefes.

Fruncí el ceño.

—Me siento un poco mal de que mi padre haya hecho que me den este trabajo. Debes pensar que soy un niño mimado al que su padre le arregla todos los problemas, y eso no es exactamente así. —Me encogí. Tampoco era exactamente mentira... Respiré profundamente—. Me despidieron porque usé una minifalda en el trabajo. Y sabes, ni siquiera fue realmente la falda, fue mi actitud sobre la falda...

—¿Y esto fue en una oficina de correos?

—La oficina central de administración, sí. Verás, hay una norma de uniforme que establece que la falda de una mujer no puede ser más alta que diez centímetros por encima de la rodilla. Una chica con la que trabajé recibió una reprimenda oficial, que es toda una mierda, entre tú y yo. Era una falda estándar comprada a través de la empresa. No debería ser sancionada sólo por ser alta. Pero todo el asunto apestaba a un problema mayor.

—Creo que puedo ver a dónde va esto.

Asentí.

—¿Verdad? Así que para demostrar mi punto de vista, al día siguiente me puse una minifalda muy corta. Cuando el director de la oficina me llamó, con el ojo crispado y las venas a punto de estallar por la hipertensión, le pedí que me mostrara en qué parte de la santa guía decía que la falda de un hombre no podía ser tan corta o dónde decía que un hombre no podía llevar falda, y empezó a echar espuma por la boca. —Me encogí de hombros—. La bebida ocurrió después de que me despidiera, y ya tenía todo un día libre, ¿no? Y me había afeitado las piernas para la falda. Y me quedaban bien esos tacones. No voy a mentir. Me veía muy bien. No iba a desperdiciar todo ese esfuerzo. Así que fui a Stonewall y me tomé unas cuantas copas de más durante demasiadas horas, y de todos modos, para acortar la historia, un tío había intentado solicitar mis servicios y yo intenté darle una lección de modales con mis tacones aguja, así que la policía me llevó de vuelta a la comisaría para charlar. Ese hombre fue muy grosero y nadie debería tratar así a las trabajadoras sexuales. —Me llevé la mano al pecho—. No es que sea una trabajadora sexual, pero eso no significa que no pueda dar la cara por ellas. Lo mismo con el tema del uniforme y la falda.

—Así que te despidieron por...

—Por hablar sobre la igualdad de género y los códigos de vestimenta en el lugar de trabajo. Y, para que lo sepas —añadí con orgullo—, mi padre está haciendo revisar el código de vestimenta. Así que yo diría que eso es una victoria.

El Sr. Marrón y Sonriente pareció encontrar algo divertido.

—Tu padre nunca mencionó nada de eso.

Resoplé.

—No. Me recogió en la comisaría de Kings Cross. Decir que no estaba impresionado sería quedarse muy, muy corto. Y fue muy grosero, porque créeme, el hecho de que todavía pudiera caminar con esos tacones después de doce horas bebiendo debería impresionar a todo el mundo.

Dio un sorbo a su café con los labios sonrientes.

—De acuerdo.

—Oh, el formulario —dije volviendo a la tarea en cuestión—. Lo siento, me desvío del tema. Y hablo mucho cuando estoy nervioso.

—Me he dado cuenta.

—Pensé que tenía problemas.

—¿Por qué?

—No lo sé.

Me estudió durante un largo momento, buscando algo que sólo podía adivinar. Al final sonrió.

—No estás en problemas.

Dios. ¿Su voz acaba de bajar una octava?

Si estuviéramos en un bar o algo así, leería esa voz, junto con esa mirada, como una atracción.

Pero seguramente no.

Seguramente.

De repente hacía unos grados más de calor en su despacho, y miré nerviosamente alrededor de la habitación para encontrar algo con lo que cambiar de tema... y fue entonces cuando las vi. Sobre su hombro, en una estantería.

La pila de cartas.

Eran viejas, amarillentas por el tiempo, atadas con cordel. Estaban sobre una pequeña plataforma de madera como si fueran un trofeo.

—¿Puedo preguntar por las cartas?

Ladeó la cabeza.

—¿Qué cartas?

—Esas. —Las miré fijamente. Siguió mi línea de visión, girando de lado, dándome una maravillosa vista de su cuello y su sexi oreja.

¿Desde cuándo las orejas son sexis? *Contrólate, Malachi.*

Estaba en un gran problema.

—Ah —dijo en voz baja. Una sonrisa cariñosa pero triste se dibujó en sus labios—. Esas son... estaban aquí cuando empecé a trabajar en esta oficina. Tienen una pequeña historia y nunca me atreví a destruirlas.

—¿Destruirlas?

—Tienen casi cincuenta años. No guardamos el correo perdido tanto tiempo.

—Pero las guardaste.

Se encontró con mi mirada y concedió un pequeño asentimiento.

—Sí.

—¿Cuál es la historia? Dijiste que tenían una pequeña historia...

En ese momento sonó el teléfono de su mesa y miró el reloj de la pared. Eran las nueve y diez de la mañana.

—Oh. —Se enderezó en su silla—. Deberías ponerte a trabajar. Ve a buscar a Cherry. Aunque necesitaré ese papeleo para el final del día.

Asentí, el sonido del teléfono timbrando me impulsó a salir por la puerta. Le oí contestar mientras salía:

—Habla Julian Pollard.

El sonido de su profunda voz diciendo su propio nombre no debería haberme hecho temblar, pero lo hizo.

—Oh, si tienes frío, hay algunos abrigos viejos en la sección de objetos perdidos —ofreció Theo alegremente mientras empujaba su carro.

—Estaré bien —respondí—. Sólo necesito ponerme a trabajar.

—¿Todo ha ido bien ahí dentro? —preguntó señalando la puerta del despacho—. ¿No tuviste problemas?

Sostuve el formulario como un escudo.

—No, sólo me olvidé de rellenar un formulario.

Me dedicó una sonrisa con demasiados dientes.

—Siempre el papeleo.

—Siempre. —Miré a mí alrededor—. ¿Has visto a Cherry? Hoy estoy con ella, al parecer.

—Creo que estaba en el pasillo del escarabajo.

—¿El qué?

—El pasillo V-W —dijo riendo—. Ya sabes, ¿como el coche? Siempre lo llamo el pasillo del escarabajo. Nadie más lo hace.

—Oh. Genial. Sí, el *Volkswagen*. Lo entiendo. Es gracioso. —No era gracioso.

Puse el formulario en mi escritorio y fui en busca de Cherry. De hecho, la encontré en el pasillo V-W. Se sobresaltó cuando la saludé.

—Hola. Oh, lo siento, no quería sorprenderte. Hoy estoy contigo, al parecer. El Sr. Pollard dijo que debía encontrarte.

—¿Sr. qué?

—¿Sr. Pollard?

—Ah, ¿Julian?

—Sí, Julian. Se siente un poco raro llamarlo así. Como llamar a tu profesor por su nombre de pila.

Cherry casi sonrió. Hoy volvía a vestir de negro y morado. Su severa melena negra y sus labios morados oscuros combinaban perfectamente con su traje. Me recordaba a esas muñecas Bratz que estaban de moda cuando yo era pequeño, y eso me encantaba.

—Prometo no hablarte hasta la saciedad —le dije—. Julian dijo que eras la mejor buscando pistas oscuras en internet.

Se encogió de hombros.

—La verdad es que no. Sólo soy buena con Google y pienso en poder enviar la caja.

—Eso es increíble.

—Toma —dijo pasándome una caja de su carro.

Y pusimos unos cuantos paquetes y cartas en las estanterías, catalogando sobre la marcha. Incluso me las arreglé para no hablar durante un rato, lo cual era una especie de récord para mí. Pero pronto el silencio se hizo demasiado y me entró el pánico de que aquello se volviera incómodo.

—¿Cuánto tiempo llevas trabajando aquí? —pregunté.

—Tres años.

—¿Te gusta?

Ella asintió.

—Me encanta. Me dejan sola, no tengo que hablar con nadie. —Luego añadió, con cierta reticencia—. Y reunir a la gente con sus cosas es bastante guay.

—Lo es. —Ojeé una pequeña caja marrón y la archivé—. Entonces, ¿cuál es la historia de Julian?

Intenté ser casual, pero estaba seguro de que ella veía a través de mí.

—¿Por qué?

Me encogí de hombros.

—No sé. Sólo por curiosidad. Parece un poco guay, pero lleva mucho marrón, y esa es una elección fascinante para mí. Hay una historia ahí, seguro.

—Siempre ha llevado ropa así. Pero yo siempre he llevado ropa así, así que...

—Y yo siempre he llevado ropa así —enmendé. No quería ofenderla—. Pero ese es mi punto. Es una expresión de identidad o de nuestro estado de ánimo o simplemente nos gusta. Así que, de cualquier manera, tengo que decir que todo ese marrón y beige es una elección atrevida.

Pareció considerar esto durante un rato, optando por más silencio, y supuse que no tentaría a la suerte. Pero entonces dijo:

—Al parecer, pasó por una ruptura bastante mala, justo cuando yo empecé. ¿Hace unos tres años? Se lo tomó muy mal. Su novio lo dejó por otro hombre.

Mi cerebro tiró del freno de mano, haciéndome girar hasta detenerse bruscamente.

¿Novio?

"Pollard no tiene problemas con nosotros los gais" había dicho Denise.

Él era gay.

Bueno, gay, bi, pan, lo que sea... La cuestión era que le gustaban los chicos.

Mi corazón dio un pequeño doble latido por un segundo.

—Oh —respondí cuando me di cuenta de que no había dicho nada—. Eso debió haber sido una mierda para él.

—Mm —respondió Cherry, deslizando la última caja en su lugar en el estante—. Volvamos al frente.

—¿Puedes mostrarme cómo buscas las cosas? —pregunté—. Y todas esas pistas oscuras. Es la parte emocionante.

Ella asintió.

—Es mi parte favorita.

Resistí la tentación de dar una palmada de emoción. En su lugar, le sonreí.

—¡La mía también!

Los primeros paquetes fueron sencillos. Uno tenía un código postal incorrecto y el nombre de la ciudad estaba mal escrito. Eso fue fácil de arreglar. Uno de los paquetes perdió la pegatina de la dirección, pero tenía un código de barras de Tasmania, y con unas cuantas llamadas telefónicas pronto estuvo en camino. Una carta llevaba la indicación *"No en esta dirección"* y al abrirla, encontramos otro folleto de publicidad masivo, por lo que pasó a la pila de los que hay que destruir.

Los siguientes paquetes eran de tiendas que enviaban compras por Internet. Las etiquetas eran incorrectas, estaban rotas, mojadas o faltaban. Pero dentro había copias de facturas con nombres, direcciones, correos electrónicos y números de teléfono. Y no se trataba sólo de una camisa barata de Kmart. Algunas eran zapatos Fendi, un flamante iPhone, una Kitchen Aid y otras cosas alucinantes.

—Oh sí, esto es lo que vemos todos los días —dijo Cherry—. Juegos de trenes, vinos de época, Xbox, sobre todo ropa.

Muchas cosas se compraban por Internet y se enviaban por correo. Había muchos paquetes de eBay con etiquetas en idiomas extranjeros. El que inventó el sistema de seguimiento por código de barras se merecía un maldito aumento.

Conseguimos que la mayoría de ellos volvieran al sistema con sus legítimos propietarios, lo que fue increíble.

Pero luego había un sobre con un nombre y una dirección escritos a mano. Parecía una tarjeta de cumpleaños y estaba claramente escrita por una persona mayor.

—¿Qué pasa con este? —pregunté.

Cherry señaló lo más obvio.

—Sin franqueo. —La abrió con cuidado, y sí, era una tarjeta de cumpleaños con un mensaje y un billete de diez dólares.

La letra estaba garabateada y se movía en la línea, pero era dulce, y la idea de que la carta de esta abuelita no llegara a su nieta me entristeció. Diez dólares habrían significado mucho para cualquiera de ellas, estaba seguro. Estaba firmada: *Con amor, Nan.*

—¿Podemos enviarla de todos modos? —pregunté—. Estoy seguro de que esta dulce anciana Nan simplemente se olvidó de ponerle un sello. O tal vez se despegó.

Me dio la impresión de que Cherry quería poner los ojos en blanco y llamarme ingenuo, pero supuse que se apiadó de mí por ser nuevo.

—Enviamos la carta con una notificación de impago.

Me horroricé.

—¿Vas a enviar a la pequeña Elsa de ocho años una factura? ¿Por un sello de un dólar?

—Más una tasa administrativa.

Me quedé sin aliento.

—Somos monstruos. —Recogí la tarjeta y la volví a meter en el sobre—. ¿Puedo pagarla? Es sólo un dólar. Seguro que aquí tenemos sellos que puedo comprar.

Cherry me miró como si hubiera perdido la cabeza.

—Para ser sincera, no estoy segura. No creo que nadie haya preguntado nunca. Es decir, es una mierda para Elsa y su abuela, pero si lo hacemos para esta, tenemos que hacerlo para todas las cartas que llegan así. Y recibimos muchas sin franquear cada semana.

Fruncí el ceño.

—No tenemos que hacerlo para todas las cartas que no tienen sello. Sólo las de las dulces abuelas.

Cherry se encogió de hombros.

—Tal vez primero quieras consultarlo con Julian.

Miré hacia la puerta de su despacho. *Ahora es el mejor momento...* Cogí el sobre y llamé ligeramente a su puerta. Asomé la cabeza.

—Soy yo.

Julian sonrió y desvió su atención de la pantalla de su ordenador hacia mí.

—¿Qué puedo hacer por ti?

Tomé el asiento en el que me había sentado antes.

—Bueno, nos encontramos con esta carta y no hay franqueo. Así que me preguntaba si podría pagar un sello. ¿O dejarla a un lado y traer un sello mañana?

—Oh.

—Bueno, es una tarjeta de cumpleaños para una niña y la señora que la escribió es su abuela, y el mensaje es dulce y se puede decir por la escritura que tiene como doscientos años, y odiaría pensar que su tarjeta y los diez dólares no llegan. Probablemente tenga una pensión o algo así y diez dólares es mucho dinero cuando no se tiene. Le pregunté a Cherry, pero me dijo que en realidad no hacíamos este tipo de cosas, como pagar nosotros mismos, pero el hecho de que podamos enviar una factura a una niña de ocho años para pagar el correo de su abuela es una lección de vida bastante dura para aprender a los ocho años. Como por ejemplo, Elsa, ¿quieres comprar este estuche de Frozen con el dinero de tu cumpleaños? Oh, espera, no puedes porque la horrible gente de correos te hizo pagar un sello cuando no era tu culpa, así que en lugar de diez dólares sólo tienes nueve... oh, espera, más la tarifa administrativa. Sabes, probablemente debería llamar a mi padre y preguntarle qué demonios, porque...

Julian enarcó una ceja.

Uuups.

—Oh, mierda, ¿he mal hablado? Lo siento, no era mi intención. Me disculpo por eso. Lo siento. Creo que lo he vuelto a hacer cuando he dicho mierda. Lo he vuelto a decir. Me pones nervioso. Lo siento.

Luchó contra una sonrisa.

—No tenemos la costumbre de pagar el correo que llega sin el franqueo adecuado.

—¿Pero no va en contra de la política de la empresa? ¿Así que si quisiera hacerlo podría?

—Podrías.

Sonreí.

—¡Hurra!

Que Dios me ayude, acabo de decir hurra.

—Quiero decir, eso es increíble. —Asentí, recuperando la compostura—. Mañana traeré un sello. —Luego miré el sobre—. ¿Puedo... puedo dejar esto aquí contigo para que no se pierda o se arroje al montón que va a enviar un recuperador a una niña de ocho años en su cumpleaños?

Esta vez Julian sí sonrió.

—De acuerdo, entonces no enviamos a un recuperador. Sí, puedes dejarlo aquí. Seguro que Elsa agradecerá tu esfuerzo, porque quién no quiere un estuche de Frozen.

Le sonreí.

—Exactamente.

—Y en cuanto a las palabrotas —añadió.

—Oh, de verdad que lo siento.

—¿Por qué te pongo nervioso?

Podía sentir que me ardía la cara.

—Oh, no hay razón. No lo sé. Porque eres mi jefe y no quiero que me despidas. Me gusta mi trabajo aquí, y para ser honesto, siempre estoy nervioso cerca de la gente que encuentro atractiva...

Oh, diablos, no acabo de decir eso. Deja de hablar, Malachi, deja de hablar, deja de hablar, joder.

—... Así que ni siquiera es realmente mi culpa. Elsa y yo somos las víctimas aquí. —Levanté el sobre como un escudo y me puse de pie—. Sin embargo, Elsa es una víctima del sistema. Yo soy más bien víctima de mi propia idiotez. Si hubieras leído mi currículum, habrías visto que el autosabotaje está en mi lista de habilidades personales. No necesito ni siquiera intentarlo; me sale naturalmente. Estoy intentando callarme, pero...

Ni siquiera me di cuenta de que estaba retrocediendo hacia la puerta.

—¿Malachi?

—¿Sí?

—¿El sobre?

Todavía lo tenía en la mano.

—¿Sí?

—¿Querías dejarlo aquí?

—Sí, sí, quería. Lo pondré aquí, fuera del camino, en el estante junto a las cartas que no te atreviste a destruir. —Leí el sobre superior. La letra estaba descolorida, el papel viejo—. Las cartas del Queridísimo Milton James.

Retrocedí de nuevo hacia la puerta.

—Vale, bueno, esto ha sido mortificante —murmuré y retrocedí, todavía de cara a él, y me golpeé contra el marco de la puerta antes de poder escapar y cerrarla.

Creo que oí a Julian reírse.

Eso fue muy bien.

Lo has hecho perfectamente, Malachi.

Joder.

CAPÍTULO CUATRO

MI NUEVA MISIÓN, decidí que era evitar a Julian a toda costa. Como el suelo no sería tan cortés como para abrirse y tragarme entero, mi única opción era fingir que no acababa de decirle que me parecía atractivo y evitarlo.

Me escabullí hacia el escritorio de Cherry. Estaba hablando por teléfono con un cliente que no había recibido el paquete. Por suerte, tenía un número de seguimiento, así que me ofrecí a bajar al pasillo E-F y buscarlo por ella. Y luego me ofrecí a buscar otra cosa, y luego otro paquete, y otro, cualquier cosa para no estar cerca de la oficina de Julian si salía. Y salir a buscar paquetes al azar durante unas horas me sirvió de excusa para familiarizarme con los pasillos y con lo que iba a cada uno.

Pero sobre todo para evitar a Julian.

Porque decirle a tu jefe en el segundo día de trabajo que lo encontrabas atractivo no era algo bueno. Era algo horroroso.

Sin embargo, no mentía. El hombre estaba condenadamente bien, a pesar de todo el beige. Detrás de esas gafas había unos ojos bonitos, y sus labios eran de un tenue color rosado que parecía la cantidad justa de suavidad.

Esto iba a terminar en un desastre.

Tenía que quitarme de la cabeza esas estúpidas vibraciones de profesor tranquilo pero amable.

Sin embargo, pronto llegó el almuerzo, y me las arreglé para sentarme y comer mi almuerzo sin hablar mientras Julian entraba en la sala de descanso y mi táctica para evitarlo se fue por la ventana, junto con mi dignidad. Pude sentir sus ojos en mí un par de veces, aunque fingí no notarlo, concentrándome en mi teléfono, fingiendo leer algo. Seguía participando en la conversación, más o menos, pero no había forma de establecer contacto visual con él.

Hasta que se sentó a mi lado.

—¿Y qué tal? —Su voz profunda retumbó a través de mí.

—Oh —dije casi saltando de mi asiento. Le di la vuelta a mi teléfono para que estuviera con la pantalla hacia abajo sobre la mesa—. Sí, está bien. Me sigue gustando, lo cual es una sorpresa. No estaba seguro de qué esperar, pero es algo genial.

—Me alegro.

Me limpié las manos en los muslos.

—Sí, aunque creo que mi padre estaba más sorprendido que yo. De que me haya gustado mi primer día, claro. Naturalmente pensó que estaba bromeando. Pero le dije que no, que en realidad creía que me gustaba. Se quedó un poco atónito, pero le dije que ya veríamos cómo pasaba el segundo día antes de que se emocionara demasiado.

Julian sonrió mientras daba un sorbo a su café.

—¿Y cómo te está resultando el segundo día hasta ahora?

—Bastante bien. Cherry está bien, y estoy tratando de

no hablar demasiado. Aunque antes hubo una diarrea verborreica en tu despacho. Eso no fue muy bien. Lo siento.

Se rio y dio un sorbo a su bebida.

—No te disculpes. Me alegro de que te guste esto. Parece que encajas bien. Espero que decidas quedarte.

Oh.

De acuerdo entonces.

—Veremos cómo resulta el segundo día —ofrecí sin entusiasmo seguro de que mi cara estaba en llamas.

Y el segundo día salió bien.

Igual que el tercer día. Fiel a mi palabra, traje un sello para la tarjeta de cumpleaños de Elsa y la puse en circulación. Me hizo sentir bien; honestamente el mejor dólar que había gastado.

El cuarto día pasó volando, productivo y divertido. Pasé el día con Theo, y fue agradable. Su sentido del humor era un poco chillón, pero en realidad era un hombre muy agradable.

El quinto día pasó como un borrón. Pasé la mañana con Denise, y ella era totalmente genial, pero pasé la tarde en mi propio escritorio haciendo mis propios registros y devoluciones. Fue bastante divertido.

Sin embargo, estaba deseando que llegara el fin de semana. Sólo para relajarme, tal vez ir a un bar o salir a cenar o algo así. Tendría que volver a hacer la compra, lavar la ropa como una persona adulta e incluso ir a ver a mi madre.

Estaba pensando en todas las cosas que tenía que hacer mientras terminaba el viernes al atardecer, hasta que llegué a la puerta y me di cuenta de que estaba lloviendo. Maldita sea. Bueno, no hay nada como correr hasta la parada del autobús bajo la lluvia...

—Malachi —dijo una voz grave.

Di un salto. Julian estaba justo detrás de mí.

—Ah, hola.

—¿Necesitas que te lleve a algún sitio?

—No... —Miré mi teléfono. Tenía cinco minutos antes de que llegara el autobús—. Esperaré a que la lluvia amaine un poco antes de correr hacia el autobús.

—Realmente no hay problema —murmuró—. ¿En qué dirección vas?

—Newtown.

—Me queda de camino. Vamos.

Algunos de los trabajadores del turno de noche estaban llegando, corriendo con sus abrigos sobre la cabeza. Julian los saludó, luego se apartó y abrió su paraguas.

—Mi coche está por aquí.

Mierda.

—Ah, de acuerdo.

Su coche estaba aparcado en el lateral del edificio y, curiosamente, no era de color beige. Era azul de tamaño medio tipo SUV -no era bueno con las marcas de los coches. Sin embargo, no esperaba que tuviera ese tipo de coche. Pensé que tendría un práctico sedán marrón, pero no. Me acompañó hasta la puerta del pasajero y me la abrió mientras la lluvia se hacía más intensa. Me senté en el asiento y él cerró rápidamente la puerta y corrió hacia el lado del conductor. Una vez dentro y con el paraguas plegado, sonrió.

—Me encanta la lluvia —dijo.

Vaya, una pequeña charla. De acuerdo.

—A mí también. Excepto cuando necesito llegar a la parada del autobús. Gracias por hacer esto. Ciertamente no tenías que hacerlo.

—No hay problema.

Arrancó el coche y salió de su sitio.

—Entonces, ¿en qué parte de Newtown?

—En la calle Campbell. Pero cualquier lugar de la calle principal está bien. Son todas calles estrechas de un solo sentido, y el tráfico es una mierda a esta hora del día.

—Está bien —contestó, súper despreocupado. Nada parecía perturbarle en absoluto.

—Realmente tienes tus cosas en orden, ¿no? —pregunté sin querer decirlo en voz alta—. Quiero decir, no puedes ser mucho mayor que yo, y sin embargo tienes tu propio coche, eres el jefe en el trabajo. ¿Cómo se convierte uno en el jefe de la Oficina de Cartas Muertas?

—¿El Centro de Recuperación de Correo?

—Sí, lo siento. —Seguía pensando que la Oficina de Cartas Muertas sonaba más genial, pero bueno.

—Empecé en el centro de administración de la oficina central como becario nada más salir del instituto.

Oh, Dios.

—¿Así que conoces a mi padre?

Asintió.

—No muy bien, obviamente. Aunque sí de nombre y reputación. Me he encontrado con él varias veces.

Suspiré.

—Nunca encontré ningún sitio en el que encajara realmente —admití—. Me aburro con facilidad, y he preferido cortar y cambiar, y ser feliz que quedarme en un trabajo que odiaba sólo por la estabilidad.

—¿Encajas bien con nosotros? —Me miró y luego volvió a mirar el tráfico que había delante. Los limpiaparabrisas hacían trabajo extra, las luces rojas de los frenos delante de nosotros estaban borrosas y el cielo gris estaba bajo.

—Creo que sí. Y me gusta el trabajo. Es interesante y gratificante.

—¿Cómo enviar una tarjeta de cumpleaños con diez dólares de una abuela que olvidó el sello?

—Exactamente. —Me encogí de hombros—. Aunque probablemente todo el mundo pensó que estaba loco.

—No. No pensé eso. Pensé que era dulce. —Se movió en su asiento—. Creo que demuestra que estás en el trabajo correcto. Tal vez encontraste el lugar donde encajas.

Estudié su perfil lateral durante un segundo. Era tan atractivo como su cara entera, de frente.

—Eso espero. Incluso estoy empezando a pensar que quizá Paul no sea un camionero asesino en serie.

Julian se rio; sus ojos eran cálidos y tenía las líneas de risa más bonitas. Y me hizo sentir el corazón dos tallas más grande para mis costillas.

—¿Paul? —preguntó sonriendo—. Dudo mucho que sea un asesino en serie, aunque puedo ver por qué lo piensas.

—Ah, dudar mucho no es descartar la posibilidad.

Julian se rio.

—Paul es un buen hombre. Un poco fuera de lo común, pero todos estamos un poco fuera de lo tradicional.

—¿Por eso crees que encajo? —Intentaba decidir si debía ofenderme, pero había dado en el clavo. Nunca había sido convencional. Nunca había querido serlo.

Julian asintió sin ninguna sensación de remordimiento o disculpa.

—Sí.

Estaba tan confiado, tan absolutamente seguro de sí mismo. No de una manera engreída, sino de una manera sexi, y lo único de lo que estaba absolutamente seguro era que me iba a meter en problemas.

—¿Puedo preguntarte algo? —pregunté.

Mantuvo la vista en la carretera, pero noté que hubo un ligero respingo en sus ojos.

—Claro.

—¿Cuál es la historia de esas cartas? En tu oficina. Las cartas de Milton James. Dijiste que había una historia detrás de ellas y han estado en tu oficina durante años, así que claramente significan algo.

—Ellas, eh... —Y por primera vez parecía inseguro—. Sí, significan algo.

—Lo siento. No tienes que decírmelo. No me di cuenta de que era algo personal o privado. No debería haber preguntado. Siempre abro la boca y se me va la lengua.

Julian me lanzó una media sonrisa.

—No pasa nada. Iba a decir que no era personal ni privado, pero lo son. Esas cartas estaban guardadas en una pila mucho antes de que yo empezara a trabajar allí. Habían sido apartadas a principios de los años setenta, creo, y luego se perdieron. Se volvieron a encontrar en la década de 2010, en la parte trasera del antiguo almacén, cuando lo trasladaron todo del viejo almacén a las nuevas instalaciones donde estamos hoy. Cheryl, la gerente anterior a mí, pensó que eran interesantes, así que las guardó.

—¿Qué hay en ellas?

Pero Julian no pudo responder. Tuvo que reducir la velocidad por los peatones y se metió en mi calle.

—¿Cuál es tu bloque?

—El edificio blanco, en la siguiente manzana. —Ahora estaba lloviendo a cántaros—. Realmente aprecio esto.

—De nada. —Se detuvo lo mejor que pudo, teniendo en cuenta todos los coches aparcados en el lado izquierdo, y me quedé sin tiempo.

—No me dijiste lo que había en las cartas.

Un coche hizo sonar el claxon detrás de nosotros y los ojos de Julian pasaron del espejo retrovisor a mí.

—En la siguiente ocasión.

—Sí, mierda, lo siento. Gracias de nuevo. Y... —Agarré el pomo de la puerta—. Que tengas un buen fin de semana haciendo lo que sea que hagas.

Sonrió.

—Nos vemos el lunes.

—Sí, me verás.

Abrí la puerta de golpe y salí a la lluvia. Cuando llegué a la escalinata de la entrada de mi bloque de pisos y me di la vuelta, ya se había ido.

LUNES. ¿Por qué todo el mundo odiaba los lunes? Nunca había estado tan emocionado por un lunes en toda mi vida. Incluso llegué temprano. Bueno, el autobús llegó quince minutos antes y era llegar temprano o llegar tarde, así que opté por llegar temprano.

Todo el mundo llegó más o menos a la misma hora, y nos sentamos en la sala de descanso bebiendo un café horrible y hablando de nuestros fines de semana.

Paul había cocinado algunos guisos y había ido de excursión al parque nacional. Y con esa confesión, combinada con el abrigo verde militar que llevaba, el ambiente de asesino en serie había vuelto.

Denise había ido a una fiesta familiar en casa de sus suegros. Al parecer, la madre de su novia cumplía setenta años, y ayer tenían demasiada resaca como para hacer mucho.

Theo fue al partido de fútbol de su sobrino el sábado por la mañana, llevó a su padre a la ferretería *Bunnings* el sábado por la tarde, vio la doble película de Stallone en el Canal 10 el sábado por la noche, ayudó a su madre en la tienda de comestibles el domingo y...

Oh, lo juro, nos contó cada conversación que tuvo, cada detalle de cada maldito minuto. Me había terminado mi primer café y estaba por el segundo cuando Theo me contó todas las razones inadvertidas por las que estaba soltero y seguía viviendo con sus padres.

—¿Y tú Cherry? —pregunté.

Todo el mundo se quedó sorprendido por un segundo, como si fuera una regla tácita que nadie le preguntara a Cherry cómo le había ido el fin de semana.

Cherry me estudió durante un segundo, con una expresión gótica y estoica.

—No mucho —respondió—. Hubo una exposición de luz en la galería Paddington. El artista expresaba el espacio de la luz negativa. Fue genial.

—Dios mío —dije—. ¿Es la galería Blue Door en Paddington? Me encanta ese sitio. Mi amiga me llevó a ver la exposición de carboncillo el año pasado. Yo no quería ir, pero Moni me explicó que eran dibujos al carbón de la forma masculina desnuda. Debería haber empezado con eso. De todos modos, ahora aprecio mejor el arte.

Cherry esbozó una pequeña sonrisa.

—Vi esa.

—¿Y tú, Malachi? —preguntó Paul—. ¿Qué has hecho? Veo que te has cambiado el pelo.

—Oh, sí —dije tocando inconscientemente el trozo de pelo que ahora era morado en medio del negro—. Necesitaba un color que se superpusiera al azul. Además me dio una excusa para ponerme esto.

Mi camisa era de color púrpura oscuro, mis zapatos eran de color lila. Levanté el pie para que todos pudieran ver.

—¿Alguna cita caliente? —preguntó Denise con un guiño al mismo tiempo que entraba Julian. Fue directamente a la cocina y procedió a prepararse un café. Procedí a fingir que no lo miraba.

Le di un sorbo a mi café.

—No. Desgraciadamente, mi nivel de exigencia supera el de la disponibilidad. Ha sido así desde hace un tiempo.

—Oh, ¿nada de encuentros con chicos en aplicaciones como todo el mundo en estos días? —dijo Denise mirando fijamente a la espalda de Julian.

¿A qué demonios estaba jugando?

Negué con la cabeza.

—Oh no, no para mí. Una vez probé lo de Internet. Fue muy engañoso. Quiero decir, no era una aplicación de citas exactamente, pero H&M envió una notificación a mi teléfono que decía *dos tops por el precio de uno*, y créeme, no era el caso.

Julian se atragantó con su primer sorbo de café. Denise soltó una carcajada. Paul resopló; Cherry sonrió. Theo no lo entendió.

Les sonreí.

—La señora de H&M se quedó muy confundida cuando se lo expliqué y pedí un vale de reembolso por el articulo real y me pidió que no volviera a llamar. Así que me limitaré a encontrar chicos adecuados en los lugares normales. Como cafeterías y bibliotecas. Que es donde pasan el rato, aparentemente. No es que yo lo sepa. Conocí a todos mis ex en clubes nocturnos o en los baños.

—Con clase —respondió Denise.

—¿Lo conseguiste? —preguntó Theo.

Señor, esa era una pregunta cargada. Me desanimé.

—¿Conseguir qué?

—El vale de reembolso —respondió tan inocente. E ingenuo. Y posiblemente sombrío—. Tienen que cumplirlos, ya sabes. Deberías comprobar la política de la tienda. Si anunciaron dos tops por el precio de uno...

Llevé mi taza al fregadero y me apoyé en la encimera, medio de cara a Julian, que se llevaba la taza a la boca para ocultar su sonrisa.

—Oh no, Theo. Estaba bien —respondí—. Créeme, un top es más que suficiente.

Julian se apartó, dando largas zancadas hacia la puerta.

—Hora de trabajar —dijo antes de desaparecer con su café en su despacho.

Denise volvió a reírse, lavamos nuestras tazas y todos comenzamos nuestra jornada laboral. Ahora estaba solo. En mi propio escritorio, con mi propio carro de devoluciones y una enorme lista de inventario que revisar. Había mucho que hacer, y aunque echaba de menos ayudar a alguno de los otros, también me gustaba poder hacerlo por mi cuenta.

Aun así fue divertido y gratificante.

Registré y archivé muchas cosas, pero también encontré a los propietarios correctos de una buena parte de ellas. Y eso me hizo sentir bien. La mayoría de las direcciones eran incorrectas, pero con una rápida búsqueda en Google y una llamada telefónica, se volvieron a rellenar los campos y se introdujeron de nuevo en el sistema.

Tuve que abrir un montón de paquetes, lo que fue divertido. Fue como abrir regalos durante todo el día, salvo que no te pertenecen y no puedes quedarte con ellos, pero lo divertido fue la parte de abrirlos. Era emocionante. La mayoría de las veces se trataba de ropa o zapatos, artículos para el hogar y una sorprendente cantidad de aparatos electrónicos. Pero a veces eran cosas personales, como fotos o joyas.

—Oh, tengo otra —dijo Cherry, más fuerte de lo que nunca la había oído hablar.

—¿Otra qué? —pregunté poniéndome de pie para ver mejor.

Denise y Paul se acercaron y echaron un vistazo a la caja que ella sostenía.

Cherry sacó un brazo.

Un brazo humano realista con una mano.

—Es un brazo protésico antiguo, como de los años cincuenta o algo así —dijo Paul—. Genial.

Vale, definitivamente habíamos vuelto a las espeluznantes vibraciones de asesino en serie.

—Es un izquierdo —señaló Denise—. ¿Cuál fue el otro que conseguiste?

—Un antebrazo derecho y una pierna izquierda por debajo de la rodilla —respondió Cherry.

—Espera —dije, horrorizado—. ¿No es el primero?

Cherry negó con la cabeza.

—No.

—¿Alguien está enviando un cuerpo en pedazos? —pregunté con la voz ligeramente más alta de lo normal—. Porque eso es horroroso.

—Por el lado bueno —reflexionó Paul— al menos no es la cabeza.

Entonces, por supuesto, Denise tuvo que darnos a todos su imitación de la película *Seven* con la escena de Brad Pitt "qué hay en la caja". La verdad es que lo hizo bastante bien...

Pero entonces Paul tuvo que coger el brazo y frotarlo con el dedo.

—Pon loción en la piel —dijo, y me estremecí desde la parte superior de mi cabeza hasta mis putas botas lilas.

—No, no, no, no —murmuré caminando hacia atrás, y me tropecé justo con Julian.

Por supuesto, grité.

Fue lo suficientemente estridente como para asustar a las palomas del tejado, aparentemente. O tal vez fue la fuerte risa de Denise. No podía estar seguro.

Pero Julian me agarró el codo de una manera que no era precisamente terrible.

—¿Estás bien? —preguntó. Esa voz profunda goteaba como la maldita miel.

—Oh, sí —dije llevándome la mano a la frente—. Sólo tuve pesadillas durante un año sobre Buffalo Bill después de ver *El silencio de los Corderos*. Bueno, en realidad, las pesadillas eran más sobre ese traje de piel humana que estaba cosiendo, y para ser honesto, no estoy seguro de cómo me siento al trabajar con un asesino en serie...

Los dos miramos a Paul, que ahora se pasaba la mano protésica por el cabello.

—Paul, por favor, devuélvele el miembro a Cherry —dijo Julian como si no fuera totalmente extraño.

Paul sonrió como Jame Gumb.

—Quieres decir, que le eche una mano.

Denise se rio. Cherry puso los ojos en blanco.

—Lo siento, Malachi, no quería asustarte. Sólo era una pequeña "broma sin agarre" —añadió Paul. Pero le devolvió a Cherry el brazo protésico y volvió a su escritorio. Recogió un paquete y silbó mientras desaparecía por los pasillos.

Me di cuenta de dos cosas a la vez. Una, que Julian aún tenía su mano en mi brazo, y dos, de algo que había dicho Cherry.

—Eh, Cherry, ¿has dicho que tienes otro? ¿Cómo que este no es el primer brazo que encuentras en el correo?

Cherry ni siquiera se inmutó. Ni un poco.

—No. He tenido un pie, un brazo izquierdo desde el hombro y un brazo derecho desde el codo.

Hablando de codos... la mención de la palabra debió

hacer que Julian se diera cuenta de que todavía me estaba sujetando el brazo y lo soltó.

—¿Qué demonios le pasa a la gente? —pregunté—. ¿Por qué envían partes del cuerpo falsas?

Cherry encontró un papel en la caja.

—Aquí hay un formulario de pedido con un recibo de compra de eBay —dijo como si eso lo explicara todo—. A veces son partes de maniquíes.

Hice una mueca.

—No quiero saberlo.

Julian me observaba, algo divertido.

—¿Las partes del cuerpo te asustan?

—Son más bien las partes del cuerpo falsas, como marionetas. —Me estremecí.

—¿Marionetas?

Hice un sonido de náuseas.

—Sinceramente, creo que preferiría un brazo de verdad en la caja. Excepto que entonces Paul probablemente se lo llevaría a casa para el traje de piel que está haciendo.

Julian apretó los labios para no sonreír.

—Estoy casi cien por ciento seguro de que no es un asesino en serie.

Asentí lentamente.

—Casi seguro. Así que básicamente estás diciendo que las posibilidades son improbables pero inequívocamente nunca pueden ser cero. Entendido.

—Eso no es lo que he dicho.

—Eso es lo que he oído.

Inclinó la cabeza ligeramente, como si estuviera tratando de entender algo, pero luego como si recordara dónde estaba, y un interruptor se activara, negó un poco con la cabeza y se enderezó.

—Entonces, ¿cómo va tu cuota hoy?

Oh, el trabajo. Sí.

—Sí, bastante bien. —Fui a mi escritorio y levanté mi portapapeles para mostrárselo—. Casi todo hecho.

—Bien —dijo, sus ojos cálidos detrás de sus gafas—. Si tienes alguna duda, pregúntame.

Desapareció en su despacho y yo volví al trabajo, decepcionado por no tener nada por lo que pudiera llamar a la puerta de su despacho y preguntarle. Cualquier cosa con tal de volver a hablar con él, de escuchar esa voz grave de barítono. Todavía podía sentir dónde me había tocado el brazo.

Me dio un poco de pena no volver a verle durante el resto del día. Pero pronto llegó la hora de la despedida, así que todos recogimos nuestras cosas, nos despedimos y cuando salía, me sorprendió esa voz grave y melosa.

—¿Te llevo a casa?

Me giré para encontrar a Julian sonriendo, llevando una bolsa de mensajería. Dios, ¿cómo es que eso le hacía más guapo?

—No tienes que hacerlo —le dije—. El autobús está bien. Y cuando digo bien, quiero decir que está lleno de gente y huele mal. Pero al menos no llueve. La lluvia lleva el olor a un nuevo nivel de asco.

Se rio.

—Vamos. Tu casa está de camino —dijo caminando hacia su coche, esperando que lo siguiera.

Quería decirle que no. Estaba a punto de abrir la boca y decirle que gracias pero no, por mucho que quisiera ir con él... y realmente quería hacerlo, pero entonces se detuvo y se giró, con el ceño confuso en el rostro.

—Está bien si prefieres no hacerlo —dijo.

—No, es que no quiero ser una molestia —dije—. Tengo esta aversión a incomodar a la gente, donde preferiría hacer literalmente cualquier cosa que no sea eso.

Consultó su reloj.

—Bueno, será mejor que te des prisa si quieres tomar el...

El autobús que acaba de pasar por la puerta.

Lo vio pasar.

—Oh.

Suspiré.

—Bueno, mierda. Eh, si la oferta para el viaje sigue en pie...

Se rio.

—Vamos.

CAPÍTULO CINCO

—APRECIO ESTO —dije tratando de no sentirme incómodo.

Me dedicó una dulce sonrisa mientras sacaba el coche del aparcamiento.

—No me importa ni un poco.

—Entonces, sobre Paul —comencé—. Con toda la onda de asesino en serie que tiene. No creo que sea realmente un asesino en serie. Creo que es raro. Pero no espeluznante. Quiero decir, es un poco espeluznante. Pero no *espeluznantemente* espeluznante. Y si fuera un asesino en serie de verdad, creo que me daría las vibraciones espeluznantemente espeluznantes, ¿me entiendes?

Julian se rio.

—Me alegro de que ya no pienses así de él. Es un poco raro, es cierto. Me lo imagino viendo maratones de *Expedientes X* o quizás teniendo teorías de conspiración del gobierno en secreto. Pero no un asesino en serie. —Conducía con tanta suavidad, con tanta seguridad y eso me pareció muy atractivo—. En realidad es un hombre agradable.

¿Un hombre agradable?

—Eh. La impresión de *El Silencio de los Corderos* fue un poco demasiado real para que cayera en la categoría de agradable. He disminuido la probabilidad de que sea un asesino en serie, pero creo que lo agradable puede ser subjetivo. Servicial, tal vez. Educado o correcto, sí. ¿Pero agradable?

Me lanzó una sonrisa.

—Sólo estaba bromeando contigo. Creo que le gustas.

Mi voz salió dos octavas más alta.

—¿Le gusto?

—No de esa manera.

—Bien. Quiero decir, sí, genial. —Me acaricié el cabello—. Sin embargo, soy un gran partido. —Entonces recordé mi conversación en la sala de descanso esta mañana—. Ah, sobre lo que dije esta mañana cuando estábamos tomando café y dije eso... sobre que los tops eran dos por uno, lo siento sí estuvo fuera de lugar. Suelo decir cosas que me doy cuenta de que no debería haber dicho, generalmente justo después de haberlas dicho.

Me miró con una sonrisa lenta.

—Probablemente no era apropiado para el trabajo. —Luego se encogió de hombros—. Pero fue divertido.

—Para que lo sepas, en realidad no llamé a la tienda para pedir el vale. Además de decir cosas inoportunas, suelo intentar hacer reír a la gente cuando estoy nervioso. —Hice una mueca—. Estoy seguro de que hay toda una sección de revistas psicológicas escritas sobre el uso del humor para desviar la vulnerabilidad, o lo que sea. Es más fácil que estar incómodo, y saber que estas incómodo, y saber qué haces que los demás se sientan incómodos.

Frunció el ceño.

—¿Estás nervioso ahora? Estás haciendo ese ejercicio de

divagación nerviosa. No quiero que te sientas incómodo por ofrecerme a llevarte a casa.

Oh, mierda.

—No, no. Dios. No es por eso que estoy nervioso. Quiero decir, no estoy nervioso. —¿Por qué no podía cerrar la boca?—Bueno, lo estoy un poco. Pero tú me pones nervioso. Estar cerca de gente atractiva me pone nervioso. Siempre lo ha hecho. Lo que probablemente explica mi desastroso intento de salir con alguien que realmente me gusta. No puedo evitar meter la pata. Como ahora.

Cristo, Malachi, deja de hablar.

Para. De. Hablar.

Para.

Julian soltó una carcajada incrédula.

—¿Gente atractiva? Yo no soy gente atractiva.

Lo miré fijamente. *¿Lo había llamado atractivo? ¿Otra vez? Joder. Creo que lo hice.*

Querido cerebro,

Por favor, desactiva todas las operaciones de hablar. En realidad, apaga toda la funcionalidad de la boca. Cesa todas las operaciones. Error 404, archivo no encontrado, algo para que se detenga. Incluso aceptaría un error fatal, pantalla azul de muerte ahora mismo...

—¿Estás bien? —preguntó—. Te ves un poco verde.

Me llevé la mano a la frente.

—Estoy intentando no hablar. Porque cuando abro la boca, salen estupideces. Como estoy seguro que acabas de presenciar. Prueba A en todo su esplendor.

Me sorprendió riéndose. Y no riéndose de mí. Sus ojos eran cálidos, como si me encontrara entrañable.

Genial.

—Lo siento —dije limpiando mis manos por los muslos, tratando de no ser tan torpe como me sentía. Me di cuenta entonces de que hacía tiempo que no nos movíamos—. Vaya, el tráfico está mal hoy.

—Creo que hay obras en la carretera —dijo.

Jodidamente increíble. El viaje a casa no sólo era dolorosamente incómodo, sino también el más largo de mi vida.

Me devané los sesos intentando pensar en algo con lo que cambiar de tema...

—Ah, esas cartas en tu oficina —dije—. Las dirigidas a Milton James.

—Queridísimo Milton James.

—Sí, esas. ¿Dijiste que intentaste encontrar a los propietarios?

Frunció los labios y su mano en el volante se tensó.

—Lo intenté.

—¿Pero no tuviste suerte?

Negó con la cabeza y ofreció una sonrisa triste.

—No.

—¿Tal vez podríamos intentarlo? —dije—. Quiero decir, todos nosotros. En la oficina. Cherry es buena para las cosas oscuras, y yo he tenido algo de suerte. Aunque sólo he estado allí una semana. Pero tal vez podríamos volver a intentarlo y ver qué se nos ocurre.

Puso una cara, casi de dolor.

—No sé si es una buena idea.

—¿Por qué no? Has leído las cartas, ¿no? Para tratar de encontrar información.

Hizo un pequeño gesto con la cabeza.

—Las cartas son... las cartas son muy personales. Y dada su naturaleza sensible y la época en que fueron escritas, creo que tal vez sea mejor dejarlas estar.

Fruncí el ceño ante eso.

—Oh. ¿Son tristes?

Julian inhaló lentamente y negó con la cabeza.

—No, en realidad son encantadoras. Hermosas, incluso.

—¿Son cartas de amor?

Sonrió, con los ojos marrones brillando, y asintió.

—Cartas de amor. De un hombre a otro.

Me llevé la mano al corazón.

—¿Son cartas de amor gay?

Julian se encontró con mi mirada y su sonrisa fue tan dulce como triste.

—Sí.

—Oh, Dios mío —dije, mi emoción sacando lo mejor de mí—. ¡Esto es increíble!

Julian se quedó mirando el tráfico detenido durante un rato y finalmente empezamos a avanzar. Pero no dijo nada y pensé en lo que había dicho antes.

"Dada su naturaleza sensible y la época en que fueron escritas, creo que tal vez sea mejor dejarlas estar".

Oh.

—La época en que se escribieron —repetí—. Fue a principios de los setenta, ¿verdad? Era un amor prohibido.

Julian asintió.

—Mucho.

Mi corazón se hundió.

—Eso es muy triste.

—Es triste. —Suspiró pero terminó con una sonrisa—. Sin embargo, están muy bien escritas.

Entonces comprendí.

—Y piensas que tal vez no deban encontrar nunca el camino a casa.

Julian se encontró con mi mirada y su mirada se clavó en mí, intensa y honesta. Negó con la cabeza, como si rompiera algún trance, luego soltó un suspiro y se concentró en el tráfico durante un rato.

—Ha pasado mucho tiempo. Me pregunto si, si llegaran

a salir a la superficie ahora harían más daño que bien. —Tragó saliva, con la voz áspera—. Imagina encontrar a un anciano que luego tenga que explicarle a su esposa de cincuenta años por qué escribió ese tipo de carta a un hombre.

—¿Te preocupa que pueda salir a la luz?

Julian asintió.

—Nunca sería capaz de perdonármelo.

Me encogí en mi asiento, sintiendo una tristeza y un pesar por todos aquellos homosexuales que allanaron el camino a mi generación. Por lo dura que debió ser la vida para ellos. No era fácil para nosotros ahora, y para algunos nunca lo sería. Pero al menos ya no éramos ilegales. Eso hizo que me doliera el corazón.

También me dio un nuevo aprecio por Julian.

—Eres muy amable —le ofrecí—. Por pensar en ellos por encima de tu deber de hacer llegar el correo.

—Sí los busqué. Sí que los busqué —añadió—. No es que no lo haya intentado. Pero en realidad no había mucho que buscar, y no me entristeció demasiado cuando no encontré nada.

Suspiré.

—Puedo apreciar eso.

El tráfico se movía un poco más rápido ahora, y tan incómodo como era antes, no quería que este viaje en coche terminara.

—¿Cuál era el nombre del chico que escribió las cartas? ¿Las firmó?

Julian negó con la cabeza.

—En una carta firma con un nombre, pero no sé si es un nombre real o completamente ficticio.

—¿Pero sabes que era un hombre?

—Sí. Escribe de besos robados en la oscuridad, de sentir

la barba contra la suya, de sus manos ásperas. De tener que pasar por la pretensión de salir con una chica cuando lo único que quiere es estar con él.

Me llevé la mano a la mejilla y me mareé un poco.

—¡Oh, mi corazón! ¡Qué romántico!

Julian finalmente sonrió.

—Mucho.

Giró en mi calle y deseé que tuviéramos más tiempo.

—Te agradezco mucho que me acercaras —le dije mientras frenaba en mi edificio de apartamentos.

—No me importa en absoluto. Me gusta la compañía. —Sus mejillas se tiñeron de rosa, como si admitirlo fuera embarazoso.

—Yo también disfruto de tu compañía —dije, probablemente malinterpretando la situación por completo. Él dijo la compañía, yo dije su compañía. Pero no era una mentira —. Y gracias por contarme lo de las cartas. Espero que Milton y su hombre secreto hayan encontrado algo de felicidad. Pero como dijiste, a veces es mejor dejar dormir a los perros. —Me desabroché el cinturón de seguridad y puse la mano en el pomo de la puerta—. Y a veces es mejor mantener nuestras verdades en silencio. Sobre todo cuando no es nuestro secreto el que hay que contar.

No dijo nada a eso, así que lo tomé como mi señal para irme.

—Que tengas una buena noche, Julian. Nos vemos mañana. —Entonces, como mi cerebro era mi cerebro, descargó otra ronda de vergüenza—. Y mañana, podemos fingir que nunca dije que eras atractivo. Totalmente, nunca sucedió. Incluso si es verdad, vamos a fingir que nunca lo dije en voz alta.

Sonrió mientras salía de su coche.

—Te veo mañana.

CUMPLIÓ SU PARTE DEL TRATO. Al día siguiente, fingió que nunca le había dicho que era atractivo. Y al día siguiente. Nunca lo mencionó para nada. Me sonrió, fue educado, pero no hubo conversación ni ofrecimiento de llevarme a casa. Siempre fue un profesional.

Me mantuve al margen en el trabajo. Cumplí con mis largas listas de trabajo y seguí disfrutando. De hecho, creo que lo disfrutaba un poco más cada día.

Paul seguía siendo raro. No hizo más chistes del *Silencio de los Corderos,* por suerte. Theo seguía siendo muy simpático, y cada vez que oía la áspera carcajada de Denise desde algún lugar del almacén sonreía.

Pero Cherry era mi favorita. Su carácter gótico e introvertido encajaba con mi carácter extrovertido como las dos caras de una moneda. Me sentía más atraído por ella que por los demás, y podría atreverme a decir que nos estábamos haciendo amigos. Íbamos juntos a la parada del autobús después del trabajo, incluso nos sentábamos juntos si los asientos lo permitían.

Tuve la sensación de que no se hacía amiga de nadie con demasiada facilidad. Al igual que yo no lo hacía. Pero cuando encontrábamos a alguien que apreciaba nuestras rarezas, era algo real.

Pero Julian...

Me encontré buscándolo y estando muy atento cuando salía de su oficina. Y cuando se reunía con nosotros en la sala de descanso para comer. Me sentaba con Cherry, y cada vez que Julian miraba hacia mí, sentía como un láser de calor intenso.

Como si destrozara todo a su paso para encontrarme.

Pero nunca me ofrecía llevarme a casa.

Lo cual estaba bien. Podía tomar el autobús como una persona normal. Como había hecho toda mi vida. No era gran cosa.

No podía negar que me ponía triste. ¿Mi torpeza le repelía? Probablemente. ¿Qué le dijera que lo encontraba atractivo cruzó una línea profesional? Probablemente. ¿Le hizo sentirse incómodo conmigo? Obviamente, sí. Y no debería haberme sorprendido, porque así era como solían ser las cosas para mí.

Debería haberme acostumbrado, pero aun así escocía.

El jueves, tres días después de que me llevara a casa, llegué al trabajo diez minutos antes, como hacía siempre. Como hacía todo el mundo. Mientras preparaba mi primer café, Paul entró con un pastel.

—¿Es el cumpleaños de alguien? —pregunté alegremente. El pastel siempre era un motivo de alegría.

Puso el pastel en la mesa, debajo del santuario de Glenda. Me di cuenta de que tenía forma de gato.

—Es el cumpleaños de Glenda —respondió Paul.

Oh.

Denise ayudó con las velas, Cherry sacó unos platos y un cuchillo de la alacena, y Julian entró justo cuando Theo nos reunió a todos para cantar la canción del "Cumpleaños Feliz" como si estuviera dirigiendo una orquesta.

Todo aquello era extraño.

Pero todo el mundo aquí era algo raro, así que me dejé llevar como si fuera algo completamente normal.

—¡Feliz cumpleaños, Glenda! —brindaron todos de diversas maneras, levantando sus cafés y su pastel hacia el altar de la pared.

—Glenda siempre traía un pastel de gato —me dijo Theo mientras me entregaba un plato con un trozo de culo de gato.

—Gracias —dije con una sonrisa de desconcierto. ¿El culo del gato? ¿Qué significaba eso?

—Iba a hacerlo de terciopelo rojo —dijo Paul con demasiada alegría—. Para que pareciera que sangraba cuando lo cortáramos.

Oh, Dios.

—Pero —continuó—, supuse que después del comentario de "extiende la loción", probablemente no debería.

Suspiré. Realmente me estaba tomando el pelo.

—Para que sepas, esa película me asustó mucho. Casi tanto como *Grease 2*.

Paul inclinó la cabeza.

—¿*Grease 2*?

—Sí, la película. —Me estremecí mientras clavaba el tenedor en el culo del gato y me lo metía en la boca antes de poder decirles que casi me planteé la heterosexualidad por culpa de Michelle Pfeiffer cantando a lomos de una moto—. Dejadme deciros. No fue la experiencia que esperaba. John Travolta como Danny Zuko en la primera *Grease*, en cambio...

Julian me lanzó una mirada, así que me metí más pastel en mi estúpido agujero de la cara mientras él se preparaba un café. Cogió el plato de pastel que le ofreció Theo y se dirigió a la puerta. Se detuvo y me miró.

—Malachi, ¿tienes un momento?

Bien, esto va a ser bueno.

—Claro —dije alegremente a pesar de la sensación de temor en mi vientre—. Un segundo. Voy a... —*Engullir lo último de mi pastel.*

Si estaba impresionado por mi capacidad de desencajar la mandíbula, abrirla de par en par e ingerir una cantidad obscena de comida, lo disimulaba bien.

También podía abrir la garganta y tragar al mismo

tiempo, pero supuse que ahora no era el momento de sacar ese tema...

Fregué rápidamente mi taza de café, preguntándome si sería la última vez que la usaría. Me estaba empezando a gustar el color pardo rojizo y no quería que me despidieran de este trabajo.

Me encantaba este trabajo.

Y nunca me había encantado ningún trabajo.

—¿Crees que me va a despedir? —le pregunté a Cherry, que se estaba preparando un segundo café.

Ella parpadeó aturdida.

—¿Por qué?

—Por ser yo. Digo estupideces. Tengo que dejar de decir estupideces.

Puso su mano en mi brazo.

—No pienses así. Que seas tú es lo que te hace encajar aquí. Pero si lo haces esperar...

—Oh, claro. —Hice una mueca—. Buen punto.

Con el estómago hundido y un suspiro, llamé a su puerta.

—Hola. ¿Querías verme?

Julian asintió, terminando su bocado de pastel. Apartó su plato, se lamió los labios y sonrió.

—Pasa.

Iba a necesitar un minuto para guardar esa obra maestra de imágenes mentales.

—¿Está todo bien? —pregunté sentándome frente a él. Luego me incliné y susurré—. ¿Tiene esto algo que ver con que yo piense que *Grease* 2 es una abominación? Porque si eres un fan...

—¿Qué? No.

—Gracias a Dios. Espera. ¿Tiene esto algo que ver con que te haya llamado atractivo dos veces? Porque me disculparía. De mala gana, porque soy un firme creyente en predicar la verdad. Pero si te hace sentir mejor... y si me ayuda a mantener este trabajo, porque realmente me gusta trabajar aquí. Es el primer trabajo que he tenido que creo que me encanta y realmente apreciaría que no me despidieras, si te parece bien.

Parpadeó.

—Ah, no. —Luego se rio—. Me alegro de que te guste tu trabajo.

—¡Sí, me encanta! Bueno, esta mañana me he comido el culo de un pastel de gato y hemos brindado por el nacimiento de una mujer muerta a la que nunca conocí, y eso ni siquiera ha sido lo más raro de mi mañana.

Julian me miró a los ojos y se rio.

—¿Quiero saber cuál fue la parte más extraña de tu mañana? —Miró el reloj de la pared—. Teniendo en cuenta que ni siquiera son las nueve de la mañana.

—Tomo el transporte público. —Me encogí de hombros—. Lo raro es un hecho. Aunque la especialidad de esta mañana fue lo que sólo podía suponer que era el paseo de la vergüenza de un tío que llevaba un vestido de lentejuelas plateadas y botas de trabajo sucias. Tenía unos músculos increíbles en las pantorrillas y los muslos, y por sus hombros y sus manos, creo que quizá se dedique a la construcción. Iba a preguntarle dónde guardaba la cartera, pero olía a bourbon y a arrepentimiento y no quería llevarme su vómito.

La sonrisa de Julian se amplió.

—Ya veo.

—Estoy intentando no decir mierda estúpida —solté—. Pero de nuevo, con lo de nervios-por-guapo. Dios, acabo de decir mierda. ¿Estoy despedido?

—¿Despedido? No, en absoluto. —Frunció los labios

para ocultar su sonrisa, aunque sus ojos lo delataban demasiado.

Joder.

Me miraba así. Como si le gustara... Si estuviéramos en un bar, apostaría unos cuantos vodka-martinis a que estaba consiguiendo algo.

Pero no estábamos en un bar.

Estábamos en el trabajo.

Pero esos ojos marrones como la miel me brillaban de alguna manera.

Mi vientre se agitó y revoloteó con mariposas, y dejé escapar una lenta respiración.

—¿Querías verme para algo? Y si no es para despedirme...

—Ah, sí, claro. —Se aclaró la garganta y se echó hacia delante en su asiento—. Lo que dijiste el otro día en el coche. Me tocó la fibra sensible.

Intenté recapacitar.

—Dije muchas cosas, y voy a necesitar que me las acortes. Tengo una condición de verborrea en torno a la gente atractiva. Como ya hemos hablado varias veces.

Su sonrisa produjo un hoyuelo.

Un maldito hoyuelo.

De acuerdo entonces.

Cuelga mis botas lilas y cúbreme de claveles. Se acabó todo para mí.

Entonces, porque no estaba lo suficientemente muerto, el maldito se quitó las gafas. Se las quitó y las deslizó sobre su escritorio como si hubiera sacado un machete y me hubiera cortado por la mitad.

Así de muerto estaba yo.

Me acribilló en mi puto asiento.

—Dijiste que a veces nuestras verdades es mejor callarlas. —Se mordió el labio inferior y me morí por tercera vez en dos minutos—. En realidad, dijiste que a veces nuestras verdades es mejor callarlas, sobre todo cuando no es nuestro secreto contarlas.

Parpadeé, sorprendido, para ser sincero, de que mis globos oculares aún funcionaran.

—Lo siento, ¿qué? —Mi voz chirrió. Claramente mi cerebro y mi boca estaban luchando.

¿Quién lo sabría? ¿Quién iba a saber que podía pasar de la fase de vomitar palabras a la fase de idiota sin palabras por un hoyuelo y el retiro de unas gafas?

¿Quién coño lo iba a saber?

Julian se frotó las cuencas de los ojos con el pulgar y el índice y suspiró.

—No he podido dejar de pensar en eso.

—Vale. —Realmente no le estaba siguiendo—. ¿Y?

Suspiró.

—Las cartas. Las cartas del Queridísimo Milton James.

—Ah. —Miré hacia donde estaban las cartas y no las encontré. Antes de que pudiera preguntar dónde estaban, las sacó como por arte de magia y las colocó justo en el centro de su escritorio.

—Creo que deberíamos intentar encontrar a Milton James.

CAPÍTULO SEIS

DI UNA PALMADA Y JADEÉ.

—¿De verdad?

Asintió.

—Y yo que pensaba que comerme el culo de un pastel de gato iba a ser lo mejor de mi día.

Julian resopló.

—Lo siento.

—Yo pensaba que el tío que llevaba un vestido de lentejuelas en el autobús era lo mejor de tu día.

—Eso fue lo más raro. Aunque, sinceramente, dado que todavía tengo que hacer un viaje de vuelta hoy, esa puerta sigue abierta. Las aventuras de la tarde en el autobús de vuelta a casa suelen ser las más raras. Ya te contaré mañana cómo ha ido.

Julian sonrió cálidamente. Se encontró con mis ojos y no apartó la mirada durante unos cuantos latidos de más.

Eso hizo que mi estómago se retorciera.

—Entonces, ¿cómo hacemos esto? —pregunté antes de dejar que los nervios me dominaran—. Porque mi lista de trabajo suele estar repleta, como de seguro ya sabes. Pero puedo intentar adaptarla.

Julian se movió en su asiento, pareciendo ligeramente incómodo.

—Sé que estás ocupado. Yo también lo estoy. Tengo informes y presupuestos que revisar. Pero pensé que entre los dos...

Los dos. Trabajando juntos. El Sr. Sexi y yo.

Se mordió el interior del labio, con las cejas fruncidas.

—¿Qué tal se te da guardar secretos?

Me senté hacia delante, con los ojos muy abiertos, emocionado.

—Absolutamente terrible. No me cuentes nada.

Julian se rio.

—Me imaginé que sería así.

Oh.

—¿Es eso... um, qué?

Me sonrió.

—Malachi, en el poco tiempo que te conozco, me has dicho dos veces que eres honesto hasta la saciedad y has mostrado, en varias ocasiones, la habilidad de la verborrea de palabras espectaculares.

—Ah. —Me relajé—. Todo eso es cierto.

Julian puso la mano sobre la pila de cartas del Queridísimo Milton James.

—Ahora, sobre estas. Me parece bien que los demás lo sepan. —Dirigió una mirada señalada a la puerta—. Así que no tienes que mentir al respecto. Aunque prefiero que nadie más se involucre. Estas cartas son bastante personales y... —Suspiró—. Se sentiría como una especie de violación. Si es que podemos encontrar al Sr. James o al hombre que envió las cartas, lo cual es poco probable. Sé que suena un poco raro, pero...

—Pero la naturaleza de las cartas exige discreción —ofrecí.

Julian asintió lentamente.

—Sí. Si encontramos al remitente o al destinatario, me gustaría poder asegurarles que nadie más leyó las cartas.

Me encontré sonriéndole.

—Es muy decente de tu parte.

Me devolvió la sonrisa y me miró fijamente, clavándome en el asiento. Dios, ¿hacía calor aquí de repente?

—La cuestión es —añadió Julian con la voz baja—, que no sé si estas cartas deberían salir de este despacho. O del local, al menos. Si se pierden o se dañan fuera de este edificio. No pueden ser reemplazadas.

Fue mi turno de asentir.

—Bien. Entonces, ¿cómo hacemos...?

—Puedes leerlas aquí. —Su tono era su voz de jefe, más profundo y definitivo. Mi jovencito interior deseoso de un papi se sentó y tomó nota.

—De acuerdo, claro.

Habría accedido a que me sugiriera cualquier cosa cuando usaba esa voz.

—O en tu escritorio, si lo prefieres. —Su voz fue más suave, cediendo.

—Oh no, aquí dentro está bien.

Sus labios se curvaron.

—¿Quieres empezar hoy?

—Sí. —Puede que haya respondido demasiado rápido—. Suena genial.

—Tendrás que leerlas primero, obviamente.

—Entonces comenzaré por ahí.

Su teléfono sonó, lo que me hizo mirar el reloj. Ya eran más de las nueve y debía estar en mi puesto. Me levanté.

—Mierda. Quiero decir, ups. Llego tarde. —Señalé su

teléfono mientras retrocedía hacia la puerta—. Te dejaré tomarlo y yo sólo... Volveré más tarde. Para leer las cartas. Supongo. Si eso es lo que haremos. —Su teléfono seguía sonando y yo estúpidamente seguía hablando. Fingí cerrar la boca y él me sonreía para cuando me obligué a salir por la puerta.

Cuando cerré la puerta, me apoyé en ella y suspiré.

Cherry estaba en su escritorio y levantó la vista.

—¿Todo bien?

Asentí rápidamente.

—Sí, muy bien. No me han despedido, así que ya sabes, hurra, es un bono.

Hizo una sonrisa socarrona y puso los ojos en blanco, como si pensar que Julian me iba a despedir fuera ridículo. Pero no me pidió más detalles y se lo agradecí. Aunque Julian no quería que mintiera sobre lo que habíamos planeado, tampoco quería que se hiciera público. No es que hubiera podido decírselo a nadie de todos modos, porque una vez que empecé mi lista de trabajo, ni siquiera levanté la vista hasta que Cherry me dijo que era la hora de comer.

La buena noticia era que había hecho un hueco bastante grande en mi trabajo, y eso me daría algo de tiempo para leer esas cartas.

Y estaba entusiasmado por leerlas. Intrigado, muy curioso, incluso un poco nervioso.

No era demasiado raro que algunos de nosotros estuviéramos dando vueltas durante la pausa del almuerzo. A veces nos sentábamos en la sala de descanso, pero otras veces nos sentábamos en nuestros escritorios y terminábamos algún trámite o lo que fuera necesario hacer.

Así que almorcé rápidamente y luego llamé a la puerta de Julian.

—Hola —dije asomando la cabeza.

Levantó la vista de la pantalla de su ordenador y sonrió, apartando el teclado y prestándome toda su atención. *Así que, eso fue caliente.*

—Entra —respondió con esa voz suya, profunda y sexi.

—¿Es un buen momento para que yo...?

—Sí, claro. Toma asiento.

—¿Ya almorzaste? —pregunté sentándome frente a él.

Julian sonrió, sus ojos eran de un marrón implorante. Dios, podrían hacerme agujeros y ni siquiera me enfadaría por ello. Estaba a dos segundos de pedirle que hiciera exactamente eso -pedirle que me hiciera algo, cualquier cosa- cuando habló.

—Todavía no.

Por la forma en que me miró, la forma en que su voz profunda me hizo vibrar, me llevó un segundo ordenar mis pensamientos.

—¿Está... está bien si leo esas cartas ahora? ¿Te importa? O prefieres que me siente en mi escritorio, porque eso es...

—Está bien Malachi. —Se levantó y me costó todo mi autocontrol mantener el contacto visual y no mirar su entrepierna. Realmente quería hacerlo, pero fui un niño muy bueno y me las arreglé para no mirar lo que Dios le dio—. Iré a almorzar y te daré unos minutos para que te pongas a leer. —Recogió el montón de cartas, aún atadas con cordel, y las colocó ante mí en su escritorio—. Hay unas cuantas para leer, pero están en orden cronológico, lo que facilita el seguimiento.

Asentí, mirando ahora la pila de correo. Julian me dejó con ello y yo tiré del cordel, deshaciendo el lazo. Recogí el primer sobre y lo abrí. Era viejo, el papel polvoriento y delicado. Me tomé un segundo para apreciar la letra. Era una letra cursiva de la vieja escuela, con tinta elegante, como caligrafía. Ningún tipo de letra generado por ordenador podría reproducirla. Era preciosa.

Respiré profundamente y comencé a leer.

Queridísimo Milton James,

Escribo esto sabiendo que nunca te encontraré, y en muchos sentidos es lo mejor. De esta manera, puedo escribir todas las cosas que tenía demasiado miedo de decirte, demasiado miedo incluso de admitirme a mí mismo.

Pronto te irás. Tu fecha de nacimiento lo selló para ti. Cuando llamaron al número veintidós, mi corazón se rompió. Nunca he odiado tanto un número.

Veintidós. ¿Por qué no pudiste nacer el veintiuno o el veintitrés? ¿Por qué fue ese día?

¿Por qué te llamaron a ti y no a mí?

Enviaría a mil hombres en tu lugar.

Tenemos tres semanas antes de que te vayas a Duntroon y no es tiempo suficiente.

Quiero decirte lo que hay en mi corazón. Quiero decir tanto. Nos robamos un roce de manos o una tímida sonrisa. Pones tu brazo alrededor de mi hombro como lo haría un amigo o un hermano, pero tu toque persiste. Me atraviesa la camisa. A veces, cuando estamos solos, veo la chispa del deseo en tus ojos y me atrevo a esperar que actúes en consecuencia.

¿Está mal que me sienta así?

¿Está mal que sueñe despierto contigo?

¿Está mal que te desee como debería desear a una mujer?

Si está mal, Milton James, no estoy seguro de querer hacer lo correcto.

Terminaré esto ahora, aunque he dicho demasiado.

Firmado, mi amor.

OH, Dios mío.

Estas eran cartas de amor prohibidas. Entre dos hombres en una época en la que esas cosas no estaban permitidas. El matasellos era de 1972.

Oh, diablos... Duntroon. Milton James iba a Duntroon en 1972... Lo enviaban a la guerra de Vietnam. Su cumpleaños era el veintidós. Fue reclutado para la guerra.

Mi corazón se sentía muy pesado. Me sentí un poco mal.

Abrí la siguiente carta.

Queridísimo Milton James,

Hoy fue el mejor y el peor día de mi vida. Hemos nadado en el río, como hemos hecho cientos de veces, solos tú y yo. El sol brillaba en tu piel, el agua de tu cabello corría por tu torso, sonreías y te reías.

Nadaste hacia mí en el agua, con una amplia sonrisa. Luchamos como lo habíamos hecho tantas veces, sólo que esta vez fue diferente.

Te detuviste y yo me detuve, nuestras manos sobre el otro, nuestros cuerpos cerca.

Había miedo en tus ojos, escondido en el azul. Estoy seguro de que tú viste lo mismo en los míos. Pero entonces, con más valor del que yo podría reunir, me besaste rápidamente.

Me sorprendió tanto que confundiste mi sorpresa con el horror. Intentaste retroceder pero conseguí sujetarte.

Te pedí que lo hicieras de nuevo.

Y lo hiciste. Labios cálidos en agua fría, el sol quemando nuestra piel mientras mi mundo dejaba de girar. Tus manos, tu boca.

Fue el mejor momento de mi vida. Todo lo que me había cuestionado sobre mí mismo, sobre mi vida, tuvo respuesta.

Nos separamos, sonriendo, asustados.

No querías irte sin hacerlo, habías dicho. Recordándome que te ibas en dos semanas. No tenías elección. Te irías y tal vez no volveríamos a vernos.

Y así el mejor momento de mi vida se convirtió en el peor.

Volvimos a casa sin decir ni una palabra más entre nosotros, aunque había mucho que decir.

Firmado, mi amor.

ABRÍ RÁPIDAMENTE la siguiente carta con todo el cuidado que pude.

Queridísimo Milton James,

Necesito que sepas que besarte fue el mejor momento de mi vida. En mi última carta dije que ese día fue también el peor, pero ahora, con el don de la retrospectiva, sé la verdad.

Nunca habrá otro día como ese.

Puede que nunca tenga otro momento como ese.

Puedo decirte, anónimo Milton James, que besar a otro hombre asentó algo en mí. Algo aterrador, algo que había temido durante mucho tiempo. Mi padre se atrevería a sacármelo a golpes si lo supiera.

Nadie puede saberlo nunca.

Intenté ocultar mi sonrisa y hacerme el interesante para que mi primo no sospechara de nosotros cuando llegaste en el Marquis de tu padre. Estabas tan guapo con las mangas de la camisa subidas y las ventanillas bajadas. Y me imaginé que estábamos a un mundo de distancia mientras conducíamos más allá de la carretera Acacia hacia ese estanque privado. Patsy Cline en la radio, el verano llegando a su fin.

Teníamos mucha más intimidad en el río que en la piscina del pueblo.

Nos besamos hasta que el sol desapareció entre los árboles. Nerviosos, tanteando y riendo, tocando y saboreando. Y cuando me dejaste en casa, estaba cien por ciento enamorado de ti.

Firmado, todo mi amor.

OH, Dios. Mi corazón estaba a punto de estallar.

Ni siquiera me había dado cuenta de que Julian había vuelto a entrar, pero estaba sentado en su butaca viéndome leer.

—Tienes que decirme ahora mismo si se muere —exigí—. No podré...

Julian negó con la cabeza y me dedicó una suave sonrisa.

—No se muere.

—¿Pero se va a la guerra? —Estaba sujetando la carta con demasiada fuerza—. Ni siquiera creo que pueda soportar eso.

—Sigue leyendo.

—Julian, no puedo lidiar con la angustia y la tristeza. Me mata. No estoy bromeando. Lloro totalmente durante los anuncios de seguros de mascotas en la televisión.

Se rio.

—Lo digo en serio. Puede que parezca un poco peleón por fuera, pero soy un completo malvavisco por dentro.

Parecía que eso le hacía gracia.

—Malvavisco peleón. Entendido.

Dejé la carta.

—No soy un llorón bonito, te haré saber. Me gustaría pensar que puedo llorar poéticamente, pero no, es más bien un llanto feo y mocoso. Para que lo sepas.

Volvió a reírse, pero se apiadó de mí.

—Qué pena. Llorar poéticamente suena delicioso. Pero tal vez deberíamos dejar el resto de las cartas para después.

—Así que él se va a la guerra y yo voy a lloriquear como Judy Blume.

—¿Cómo quién?

—No lo sé. Eso lo dice mi madre. —Me encogí de hombros y miré su reloj. Mierda—. Dios, mira la hora. —Doblé ordenadamente las cartas y las metí en sus sobres, guardando las cartas leídas a un lado y las aún no leídas en su pila. Me levanté y puse cara de disculpa—. Sí, a lo de dejar las cartas para más tarde, quiero decir. —Me acerqué a la puerta—. Pero para que sepas, si él va a la guerra y muere, seré un desastre emocional en el futuro inmediato, posiblemente para siempre. Deberías prepararte.

Julian me sonreía como si fuera la cosa más bonita que hubiera visto nunca. Hizo cosas muy extrañas en mi vientre, y por alguna extraña razón, mis mejillas ardieron.

—Hasta luego.

Volví al trabajo, abordando el resto de mi lista de correo perdido para clasificar. Había paquetes de ropa, comida, material de acampada, una brida para caballo, dos tubos muy grandes de lubricante y algunos juguetes sexuales, cartas y un montón de correo basura.

Nunca era aburrido, eso estaba claro.

También tenía un buen porcentaje de éxito, lo que me enorgullecía. Mi trabajo era un poco insignificante en el esquema de las cosas, pero estaba haciendo una diferencia para algunas personas, no importa cuán pequeña, y eso se sentía bien.

Me ponía a prueba para ver cuánto podía hacer, cuántas cartas y paquetes podía redirigir con éxito, así que era muy fácil perder la noción del tiempo. Las cinco de la tarde llegaron tan rápido que pensé que la hora estaba mal y tenía que correr a recoger mis cosas para darme prisa en llegar al autobús.

Salí del ordenador, cogí mis cosas y me di la vuelta para toparme con Julian.

—Oh —dije tratando de no manosearlo como quería. Quiero decir que sí, me topé con él, como realmente un choque físico y mis manos se dirigieron a su pecho. Que se sentía sorprendentemente duro y más voluminoso de lo que había pensado. Su camisa color topo era suave, casi como la seda, y os digo ahora mismo que esa combinación -músculo duro bajo la seda- es más caliente que el infierno. Pero sí, volviendo a que no lo manosee como quería...

Di un paso atrás y sus manos se dirigieron a mis hombros para estabilizarme.

—Lo siento —dijo, su voz profunda y tranquila—. No quise asustarte.

—Está bien, es mi culpa. No estaba mirando. —Miré a mí alrededor en busca de la hora, pero no encontré ningún reloj—. Voy a perder el autobús.

—Puedo llevarte —dijo más suave que su maldita camisa —. ¿Quieres terminar de leer esas cartas?

—¿Ahora?

—Sí, ahora.

—¿Aquí? —El turno de noche estaba llegando. Estaríamos en medio, ¿y no les parecería raro que no nos fuéramos en cuanto ficháramos?

La mirada de Julian se encontró con la mía. Algo honesto e intenso parpadeó en esos ojos marrones y ámbar.

—Bueno, se supone que no debemos llevarnos ningún correo del local, y que te invite a mi casa parecería demasiado directo y probablemente inapropiado, así que sí. Aquí. —Se volvió hacia la puerta de su despacho—. Nadie utiliza mi despacho. Conozco al personal de noche. No les importará que estemos aquí un rato.

No había procesado realmente nada de lo que dijo después de pedirme que fuera a su casa y, avergonzado, con esa voz profunda y esos ojos en esa cara tan bonita, habría accedido a cualquier cosa que sugiriera.

Aturdido y con la barriga llena de mariposas, asentí.

—Sí.

CAPÍTULO SIETE

—¿TIENES un bolígrafo y un papel que pueda usar?

Volví a sentarme frente a él, con su escritorio entre nosotros, intentando no sacar a relucir el hecho de que quería invitarme a su casa.

No digas nada, Malachi. Déjalo pasar, hazte el remolón.

No significó nada. Desde luego, no significaba lo que yo quería que significara, este hombre adulto y atractivo no quería reorganizar mis intestinos...

Oh, genial. Ahora estaba pensando en eso.

Por el amor de los viejos dioses, Malachi, no saques el tema.

—Así que no me parecería inapropiado que me pidieras ir a tu casa.

Me alegro de que no hayas dicho eso en voz alta. Muy hábil, idiota.

Julian deslizó una libreta y un bolígrafo hacia mí, y sonrió, con los ojos encendidos. Iba a tener que buscar en Google piedras preciosas de color marrón porque, por Dios, necesitaban un nombre.

Y como mi estúpido cerebro seguía atascado en la reorganización de mis intestinos a través de mi culo y no sabía cuándo dejarlo, añadí:

—Y no tengo ningún problema con la franqueza.

Julian pareció morderse la lengua durante unos segundos mientras ponía en orden su respuesta. O tal vez estaba esperando a que yo siguiera parloteando. O tal vez estaba bromeando antes. Y, oh Dios, ¿y si estaba bromeando?

Así que seguí parloteando.

—A menos que estuvieras bromeando, es decir. En cualquier caso, dije lo que dije y no me arrepiento de nada. Quiero decir, ya te he llamado atractivo dos veces, te lo he dicho directamente en tu atractiva cara, así que ambos sabemos que no tengo filtro.

—Estás nervioso —observó con indiferencia.

—Me siento como si estuviera en problemas. Como si estuviera en el despacho del director. —Me llevé la mano a la frente—. Lo cual es un poco sexi, no voy a mentir.

Se rio y negó con la cabeza.

—¿Debemos leer las cartas?

Las cartas...

¿Las cartas?

Miró la pila de cartas del Queridísimo Milton James, divertido.

—Ah, claro, sí, las cartas. La única razón por la que seguimos aquí. Sí, leerlas sería una gran idea.

Ignorando su sonrisa de satisfacción, cogí la siguiente carta del montón, la abrí, respiré hondo y empecé a leer.

Querido Milton James,

Te he visto estos últimos tres días y cada vez mi

corazón se enamora más de ti. Cada día hemos encontrado un lugar para estar a solas, besándonos, tocándonos, cogidos de la mano.

Sentir lo mucho que te gusta estar presionado contra mí me enciende de una manera que nunca he conocido. Anhelo tocarte ahí, que me toques ahí.

Tal vez mañana reúna el valor para pedirte permiso.

Tu partida se cierne como oscuros nubarrones en el horizonte. Sé que su llegada es inevitable, pero cada vez temo más la confusión que trae consigo.

LEÍ LA siguiente parte en voz alta.

—Aprecio cada momento contigo, aunque cada contacto es agridulce al saber que están contados.

MIRÉ A JULIAN, que estaba observando cada una de mis reacciones.

—Creo que leer esto me va a matar —admití—. El desamor o la frustración sexual. Lo que ocurra primero, supongo. Tal vez las dos cosas juntas. Al mismo tiempo.

Julian sonrió.

—Sigue leyendo.

La siguiente carta contaba que habían tenido que llevar

el coche del padre de Milton al siguiente pueblo para ir a ver a sus abuelos antes de que se fuera al ejército. También habían pasado un día con su hermana y habían paseado por las vías del tren. No se habló de pedir permiso para tocar ciertos lugares ni de ningún beso.

Lo había echado de menos y, egoístamente, maldijo a la hermana por necesitar una niñera cuando podrían haber pasado tiempo a solas haciendo cosas mejores.

La siguiente carta hizo que el corazón se me acelerara.

Queridísimo Milton James,

Por fin, después de dos largos días, volvimos a estar solos. Tu hermana estaba en casa de su amiga, tus padres en el trabajo y nosotros teníamos la casa para nosotros solos. No perdiste tiempo y me llevaste directamente a tu habitación.

Encendiste mis nervios cuando me empujaste a tu cama y te acostaste a mi lado. Supe entonces que estabas tan desesperado como yo. La pasión y la urgencia en tu toque, tu beso.

Me llevaste al cielo con unas pocas caricias de tu mano.

Luego yo hice lo mismo contigo.

Nada se había sentido tan bien. El modo en que te aferraste a mí, el modo en que susurraste mi nombre, cómo te sentías en mi mano.

Nunca olvidaré lo que compartimos aquel día.

MIRÉ A JULIAN.

—Esto es muy personal.

Asintió lentamente.

—Gracias —dije—. Por querer mantener estas cartas en privado.

Sonrió, con ojos suaves.

—Me sorprende que no hayan sido destruidas o archivadas. Y te agradezco que me hayas animado a buscar a su legítimo propietario.

—En realidad no te animé.

Su sonrisa se convirtió en una mueca.

—Sigue leyendo.

Así lo hice.

La carta siguiente hablaba de una posibilidad de trabajo en las oficinas del ayuntamiento. El chico que escribía las cartas, cuyo nombre aún no conocíamos, tenía la esperanza de que su tía le consiguiera un trabajo de oficina. No estaba muy entusiasmado por ello, pero dijo, y cito: "Era mejor que el de algunos de sus antiguos compañeros del colegio que tuvieron que desplazarse para conseguir trabajo en las canteras o en las granjas de ovejas".

Así que empecé a tomar notas de todas las pequeñas pistas, con la esperanza de que me ayudaran a pintar un cuadro más amplio.

La siguiente carta decía que casi los atrapa el Sr. Killian detrás de su ferretería. En realidad no estaban haciendo nada, quizás caminando un poco demasiado cerca el uno del otro, pero fue un rápido y amargo recordatorio de que estar juntos de esa manera, lo que eran, no era aceptable.

Ambos se fueron a casa después de eso, cada uno a su hogar, tristes y un poco asustados.

—"Lo que siento por ti no está mal". —Leí la carta en voz alta, con voz suave—. "Lo que somos cuando estamos juntos no es un pecado. El amor no es un pecado, Milton James. Intentaste ocultar la vergüenza en tus ojos, pero la vi. Odié que algo así pudiera estropear la luz de tus ojos".

Suspiré, con el corazón pesado.

—Maldita sea.

Julian estaba mirando algo al otro lado de su despacho que yo no podía ver. Nada físico, sino un recuerdo, un pensamiento oscuro, un momento de incertidumbre quizás.

—Se siente personal leer su relato, ¿no? Íntimo, de alguna manera.

—Como si estuviéramos invadiendo algo muy privado y profundamente personal. Está desnudando su corazón, escribiendo todas las cosas que no podría decir en voz alta.

Sonrió con tristeza.

—También hay una inocencia ahí. El primer amor y las hormonas adolescentes son como una catástrofe poética. Casi siempre acaba mal, ¿verdad?

Lo consideré por un segundo.

—No sé si mal. Probablemente. Creo que la gente crece y empieza caminos diferentes, y eso no es malo. Si la separación crece por diferencias fundamentales, entonces tomar caminos diferentes es algo bueno.

Puso una cara pensativa.

—Eso es muy perspicaz.

Me encogí de hombros.

—Sin embargo, no lo sentimos así en ese momento. Quiero decir, ser un adolescente hormonal con el corazón roto es apocalíptico. Pero en retrospectiva, ¿te imaginas seguir con tu primer amor?

Sus ojos se encontraron con los míos y me pregunté brevemente si me había excedido. Recordé que Cherry me había dicho que Julian había roto con su novio de toda la vida hacía unos años, e inmediatamente me arrepentí de haber hecho la pregunta.

Pero entonces Julian sonrió.

—Dios, no. Tenía catorce años y me enamoré de Robbie Moss. Fue mi enamorado del instituto durante dos años. Le encantaban los coches y eso era muy guay, ya sabes, para un chico de catorce años. Tenía el pelo engominado y las manos manchadas de grasa, y me sentaba a su lado en ciencias. Le dejaba copiar mi trabajo porque así se sentaba más cerca de mí. —Julian se rio al recordarlo—. Pero luego pasé a los cursos once y doce, y él abandonó después del décimo año para ser mecánico. De lo cual lo despidieron no mucho después. Y lo último que supe es que él y sus hermanos cumplieron condena por carreras ilegales en la calle y por desguazar coches robados.

—Precioso.

—¿Y tú?

—¿Mi primer amor? —Suspiré—. Alex de *Las hijas de McLeod*. Mi hermana mayor solía verlo y yo era un poco joven, así que no entendía realmente lo que era la atracción, pero sabía que no me importaba cuando las chicas mostraban algo de piel. Pero cuando ese chico aparecía en la pantalla, sin camiseta, todo caliente, sudoroso y sucio, levantando fardos de heno... —Dejé escapar un suspiro—. Bueno, sabía qué prefería mirar.

Julian se rio.

—¿Te gustan los vaqueros?

—¿En la vida real? No. No es que haya conocido a ninguno de verdad, para ser sincero. No hay muchos de esos en Newtown. Hay muchos aspirantes a vaqueros, y he visto suficientes chaparreras de cuero en mi vida. Pero mi verdadero primer amor fue mi mejor amigo en el instituto.

—¿En serio?

—Sí. Terminó trágicamente. Y cuando digo trágicamente, me refiero a que suspiré por él sin poder evitarlo, mientras se tiraba a tres equipos de netball y al equipo de baloncesto de las chicas mayores.

—Auch.

—Fue todo bastante horrible, pero yo buscaba la experiencia completa de la angustia adolescente y él realmente me ayudó con eso.

Sonrió.

—¿Seguís siendo amigos?

—En realidad no. Sólo nos distanciamos. Ya sabes cómo es eso.

Me estudió durante un segundo.

—Lo sé, sí.

—De todos modos, mi mejor amiga ahora es Moni y es muy lesbiana, y decidimos que ser gay los dos es mucho menos complicado en general. Bueno, eso, y nuestro amor por las albóndigas y nuestra mutua aversión por la misma gente era una base sólida. Así que, básicamente, nos quejábamos de los mismos círculos de camarillas, comíamos mucho y ahora somos mejores amigos desde hace años.

—Parece divertida. —Julian sonrió—. Tengo dos mejores amigos. Supongo que se les puede llamar así. Curtis y Mitch. Somos amigos desde la uni. Estábamos en el mismo dormitorio. La vida real y la edad adulta nos mantienen ocupados ahora, pero jugamos al raquetbol algunos martes por la noche y nos ponemos al día cuando podemos. Normalmente cenamos y tomamos unos cuantos vinos de más de vez en cuando.

—¿Raquetbol? Nunca lo hubiera imaginado.

—¿Por qué? ¿A qué pensabas que jugaría?

—No tengo ni idea. Tal vez los bolos de césped. ¿Cuántos años tienes?

Se quedó con la boca abierta y me reí.

—¡Estoy bromeando! Pero no sé… No había pensado en que practicaras ningún deporte. Quizá algo más tranquilo que el raquetbol. Como la natación o el tenis.

Inhaló profundamente, algo divertido por la expresión de su cara. Al menos esperaba que fuera eso. Luego miró las cartas que tenía delante.

—¿Qué tal si las empaquetamos para mañana? Será mejor que te lleve a casa.

—Oh, claro —dije deslizando con cuidado una carta doblada de nuevo en su sobre—. No quise ofenderte. ¿Te he ofendido? Lo siento si lo hice.

—No me he ofendido. Tampoco soy tan viejo. ¿Qué edad crees que tengo?

Le miré horrorizado.

—No voy a responder en absoluto a esa pregunta. Reconozco la trampa cuando la veo. No me importa la edad que tengas. De hecho, me gustan los chicos mayores. Nunca he explorado realmente el concepto de papi, pero no me opongo. Tengo toda la onda de ser un twink, me guste o no. Teniendo en cuenta que tengo veintisiete años pero parezco joven y tengo a los raros legítimamente decepcionados cuando descubren que no tengo dieciséis. Quiero decir, honestamente, cuántos chicos de dieciséis años tienen el comienzo de las patas de gallo. —Me señalé el rabillo del ojo, deseando desesperadamente que mi boca se callara de una puta vez.

¿Realmente le acabo de decir que nunca he explorado el tema de los papis? ¿Y que soy un twink?

Joder, Malachi.

Le miré a los ojos horrorizado.

—Me voy a tomar la libertad de fingir que nunca he

dicho nada de eso y te agradecería mucho que tú tampoco lo oyeras.

Se rio, un sonido profundo y gutural que despertó las mariposas en mi vientre.

—Tengo treinta y cuatro años, por cierto. No es realmente un concepto de papi, a menos que tuvieras dieciséis años, que si los tuvieras, no estaríamos teniendo esta conversación. —Se inclinó e inspeccionó mi cara—. Aunque las patas de gallo delatan que no tienes dieciséis.

Jadeé, debidamente ofendido. Me cubrí los lados de los ojos con las manos.

—No tengo patas de gallo.

Esta vez se rio más fuerte, un sonido genuino.

—Sólo estoy bromeando. Venganza por el comentario de los bolos de césped.

Me gustaba esta faceta suya. Me gustaba mucho. Era divertido y coqueto, y así, que Dios me ayude, era sexi.

Me senté de nuevo en mi asiento, y aunque pretendía ser sensual, no tenía delirios de grandeza, probablemente era más bien una mirada de "tengo una indigestión".

—Treinta y cuatro años no es viejo. Y sí, aunque tengas un matiz de canas en el pelo, no eres un zorro plateado. *Todavía*. Tal vez un zorro plateado bebé. ¿Hay un término gay para eso? No estoy al tanto. Pero ser papi es más una mentalidad que una edad, ¿no crees?

Me miró fijamente, sin pestañear, caliente, asquerosamente sexi. Me hizo arder la sangre y todo mi interior se tensó y anheló... Estuve a medio segundo de tirarme sobre su escritorio y decirle que me follara allí mismo.

Pero entonces apartó la mirada.

—Debería llevarte a casa.

—Sí, claro —acepté, aliviado y decepcionado a la misma

vez de que no me arrancara la ropa ni me ordenara arrodillarme. Vale, más decepcionado que aliviado. Pero aun así...

Las cosas estaban cambiando entre nosotros. Había electricidad, una chispa esperando a prender fuego. No lo estaba imaginando.

Simplemente no sabía quién de los dos sería lo suficientemente valiente para encender la cerilla.

CAPÍTULO OCHO

—¿QUÉ quieres decir con que te dejó en casa? —preguntó Moni.

Cambié el teléfono a mi otra oreja para poder meterme algo de comida en la boca.

—Quiero decir que me ha dejado en casa.

—Es asqueroso que pueda entenderte mientras hablas con la boca llena de comida.

Terminé de masticar y tragué.

—Lo siento.

—¿Te ha besado?

Mi tenedor se detuvo a medio camino de mi boca.

—No. Dios. No creo que hayamos llegado a eso todavía.

—Pero tú quieres...

—Está muy bien —tarareé—. Cien por ciento no mi tipo, pero es perfecto en todos los sentidos.

—Malachi tu tipo, hasta ahora, ha sido el de los musculitos emocionalmente inaccesibles y descerebrados que no quieren más que un polvo rápido. Me alegro de que este hombre no sea tu tipo. Nada me haría más feliz que si empezaras a salir con un hombre que fuera lo contrario a tu tipo.

—No creo que salgamos juntos. Quiero decir, trabajamos juntos y él es mi jefe, técnicamente.

—Pero quieres.

—Quiero que haga cosas indecibles...

—¿Podrías tal vez dejar de comer?

—Me muero de hambre.

—¿Y qué pasa con las cartas?

—Terminaré de leerlas mañana —dije, esta vez sin la boca llena de comida.

—Promete que me pondrás al día.

—Lo prometo.

—Ve a terminar tu cena.

—Lo haré, gracias.

—¿Sigue en pie lo del sábado por la noche?

—Sí. A no ser que tenga una oferta mejor para una intensa follada, entonces... Bueno, tú me entiendes.

Ella resopló.

—Cruzaré los dedos por ti. Buena suerte con el sexi hombre jefe.

—Eh, gracias.

—¿Y Malachi?

—¿Sí?

—Si las cosas van como tú quieres -y él parece interesado, por lo que me has contado-, entonces tenéis que tener una conversación sobre el trabajo y sobre cuál es vuestra posición al respecto.

Me abstuve de suspirar.

—Lo sé.

—Te quiero.

—Yo también te quiero.

Colgamos al mismo tiempo y terminé de comer mi lasaña de verduras, feliz con... bueno, con todo. Con mi trabajo, con Julian.

Esperaba como un loco que me dijera algo en el viaje de vuelta a casa o que me hiciera algún tipo de pregunta personal como "¿Estás saliendo con alguien?" o "¿Quieres invitarme a tu piso para que te folle hasta destrozar el colchón?"... ya sabéis, ese tipo de preguntas.

Pero nunca dijo nada de eso.

Tal vez el espacio reducido de su coche hubiera hecho que fuera súper incómodo si lo rechazaba, o tal vez las bromas divertidas y coquetas eran sólo una broma. Tal vez era lo suficientemente inteligente como para darse cuenta de que no podía pasar nada entre nosotros y sabía que no debía jugar a un juego en el que ambos perdiéramos.

Deja de darle vueltas, Malachi.

Era más fácil decirlo que hacerlo. En realidad, pensar demasiado y hacer montañas de un grano de arena eran las dos cosas que mejor hacía.

Pero me dije que lo dejara pasar. *Tómate cada día como viene, disfruta de tu trabajo, Malachi, disfruta trabajando en las cartas con Julian, disfruta teniendo conversaciones divertidas y coquetas por el hecho de ser divertidas y coquetas y nada más.*

Fácil de hacer.

Y absolutamente al cien por ciento, vete a la cama a ver algo de porno mientras piensas en Julian y ten un orgasmo tan fuerte que casi te desmayes.

Ese era el plan.

Y eso fue exactamente lo que hice.

ESTABA EMOCIONADO por ir a trabajar al día siguiente. Llegué un poco antes, puse mi almuerzo en la nevera de la sala de descanso y me preparé mi primer café.

Paul ya estaba allí, hojeando despreocupadamente su periódico mientras Theo charlaba con él sobre el episodio de la noche anterior de *Survivor*. Paul no parecía estar escuchando. Theo no parecía darse cuenta ni importarle.

Saludé rápidamente, pero removí mi café en el mostrador durante una eternidad para no tener que unirme a su conversación y, afortunadamente, me salvé cuando entró Cherry. Hoy vestía de negro y rosa y me sonreía como una preciosa muñeca gótica Bratz.

—Buenos días —dijo en voz baja, con los ojos brillantes—. ¿Qué pasó entre tú y Julian anoche?

Casi escupí mi primer sorbo.

—¿Qué? Nada. ¿Por qué?

Cogió su taza del armario, sonriendo como si supiera algún delicioso secreto.

—Porque viste de azul.

Parpadeé.

—¿Qué?

—El Sr. Marrón, el Sr. Beige, el Sr. Todos los Tonos de marrón topo que Existen va de azul.

—¿Azul?

Cherry asintió y sirvió agua hirviendo en su taza, con la bolsita de té colgando precariamente por el lado.

—Yo diría que es un azul celeste pálido o incluso un azul empolvado. No estoy segura. Y sus pantalones son... —Me miró a los ojos—. Azul marino.

Tragué saliva.

—Va de azul.

Ella asintió de nuevo.

—Obviamente, algo cósmico le sucedió, y vosotros dos os quedasteis hasta tarde anoche. Sé que piensas que es guapo, y le he visto mirarte.

Mis globos oculares casi se salen de las cuencas como si fueran uvas.

—Yo... Eh... ¿Qué? No, yo no, y él no... Quiero decir, ¿lo hace? ¿Mirarme...?

Ella sonrió.

—Cada vez que sale de su oficina, mira primero a tu escritorio. *Te* busca primero.

—No lo hace —susurré.

Me miró con los ojos entrecerrados.

—Tu sonrisa es un poco aterradora. ¿Podrías bajar un poco el voltaje? Tengo las retinas sensibles.

Levanté mi taza para taparme la boca.

—Lo siento. Pero, Dios mío, ¿va de azul?

Y seguro, justo en ese momento, la puerta de la sala de descanso se abrió y entró el Sr. Azul.

Maldita sea.

¿Esa camisa era un poco más ajustada que las suyas marrones?

Cherry me dio un codazo y cerré la boca. Paul se quedó mirando, notando también el cambio de color, pero Theo era ajeno, seguía hablando de tikis de inmunidad o alguna chorrada por el estilo.

—Buenos días —dijo Julian. Las puntas de sus orejas estaban teñidas de rosa. Estaba inseguro o nervioso, pero no había ningún otro dato. Entró, con un aspecto tan seguro como siempre, aunque yo sabía que sus orejas delataban lo contrario. Preparó su café, fuerte y negro, y sonrió mientras lo sorbía.

—¿Es eso azul o bígaro de verano? —le pregunté.

Me miró a los ojos. Tenía que saber que iba a sacar el tema. Mejor quitarlo de en medio.

—Sólo es azul.

Asentí lentamente.

—Es muy agradable.

—¿Agradable?

—Iba a decir elegante, pero pensé en rebajarlo un poco. Y para que lo sepas, nada es *sólo* azul. Tiene que haber un calificativo gay. Es la ley.

—¿Y el bígaro de verano es un calificativo gay?

Asentí, porque, eh, hola. Por supuesto que lo era. ¿Acaso no se escuchó a sí mismo hace un momento?

Sonrió mientras tragaba su café. Sus ojos marrones brillaron directamente hacia mí.

—Lo tendré en cuenta.

Asintió a los demás mientras salía, y yo observé la gloria que era su culo en esos pantalones azul marino. Cherry me dio otro codazo.

—Dios —dijo, tirando del cuello de su jersey de rombos negro y rosa—. ¿Podríais bajar el tono un poco? ¿O entrar en su despacho y cerrar la puerta un rato?

La miré.

—¿Qué?

—La testosterona y las feromonas son asfixiantes.

Puse los ojos en blanco pero no pude evitar sonreír. Me giré hacia ella para que Paul no pudiera verme la cara.

—Hoy está jodidamente bueno.

—¿Seguro que no pasó nada entre vosotros anoche?

—Nada, lo juro. Estuvimos aquí una hora más o menos y luego me llevó a casa.

Cherry se quedó mirando. Y quiero decir que se quedó mirando.

—¿Y esperas que me crea que no pasó nada?

—No pasó nada.

—¿Qué estabais haciendo aquí durante una hora solos?

Mierda.

—Estábamos...

Esta era la cuestión. Esto no debía ser público, pero tampoco oculto. Confiaba en Cherry, y la alternativa era que ella asumiera que Julian y yo habíamos tenido un loco sexo sobre el escritorio, lo cual no era correcto. Quiero decir, era caliente. Pero, por desgracia, no era cierto.

—¿Conoces esas cartas tan antiguas que hay en su despacho y que llevan aquí desde los años setenta?

Cherry asintió una vez.

—Estamos intentando encontrar al propietario o al destinatario. Al que podamos encontrar. —Sus ojos se abrieron de par en par por la emoción, así que levanté la mano—. Lo estamos haciendo a escondidas —susurré—. Julian no quería que nadie más lo supiera, así que, por favor, no digas ni una palabra a nadie. Las cartas son muy... personales.

—¿Las has leído?

—Voy por la mitad.

—¿Y?

—Y no he encontrado mucho. Espero que divulgue más en las próximas cartas. Estoy tomando notas de cualquier pista que pueda encontrar.

—¿Él?

—El hombre que las escribió. A otro hombre. Antes de irse a la guerra de Vietnam.

—Oh, Dios mío. —Ella dio un sorbo a su té, con los ojos muy abiertos—. ¿Son explícitas?

—No realmente para el estándar de hoy, pero me imagino que en los años setenta en un pequeño pueblo de Australia, sí. Todo lo sexual que escribe es más poético que erótico.

—¿Sabes que es un pueblo pequeño?

Asentí.

—Puedo suponerlo. Aunque todavía no sé dónde.

Denise entró entonces.

—Buenos días —dijo en voz alta y ronca mientras empezaba a prepararse un café—. Espero que hayáis tomado algo de cafeína porque el botín de hoy es enorme. No sé por qué, pero acabo de sacar una tonelada de cajas del camión.

Bien, entonces. La hora de la charla matutina había terminado. Paul y Theo se levantaron y lavaron sus tazas, Cherry volcó el resto de su té en el fregadero, y yo miré el último sorbo de café frío en mi taza y decidí hacer lo mismo. Todo el mundo se apresuró a salir a la planta para empezar el día.

Cherry y yo cogimos juntos nuestra primera caja.

—Una vez que tengas todos tus apuntes en orden, si necesitas ayuda, házmelo saber —dijo en voz baja.

—Lo haré, gracias.

Denise no bromeaba cuando dijo que hoy había mucho correo entrante. Estuvimos corriendo todo el día. Bolsas, paquetes, cartas, cajas, carteras. Incluso Julian dejó sus cuentas e informes y vació uno o dos carros jaula.

Espié su precioso ser vestido de azul marino y bígaro de verano mientras empujaba un carro por los pasillos unas cuantas veces. Por lo visto, según Cherry, ayudaba siempre que se le necesitaba, y lo hacía sin que nadie se lo pidiera. Echaba un vistazo al inventario que llegaba y se limitaba a ayudar, y eso me gustaba mucho de él.

Pero hoy vestía de azul, y no de marrón, por primera vez desde que Cherry trabajaba aquí. Tenía que haber una razón. Tenía que haberla. Y traté de no pensar demasiado en ello ni imaginar que yo tenía algo que ver, porque ¿por qué iba a hacerlo?

Entonces, en medio del pasillo D-E, me di cuenta de un horrible hundimiento. ¿Y si había otra razón?

¿Y si había otro chico? ¿Y si tenía un nuevo hombre que nadie conocía?

Tenía en mis manos un paquete de calcetines deportivos nuevos que, de alguna manera, había perdido la etiqueta con la dirección y empecé a sentir un poco de calor y frío por todo el cuerpo.

Maldita sea, joder.

¿Y si Julian estaba viendo a alguien que no era yo?

¿Debería sorprenderme? No. ¿Debería romperme el corazón porque el Sr. Sexi con el que había estado fantaseando durante semanas no pensara en mí como yo pensaba en él?

—¿Estás bien? —preguntó una voz grave detrás de mí.

Me sobresalté, lanzando el paquete de calcetines al otro lado del pasillo.

—¡Oh, mierda!

Julian lo recogió y me lo entregó.

—¿Todo bien?

—Ah sí, claro. Claro, ¿por qué no iba a estarlo? Quiero decir que no importa si estás viendo a alguien. ¿Por qué iba a importar? Está completamente bien y hay que admitir que es bastante delirante que piense que yo podría gustarte. Quiero decir, seamos realistas. No soy tu tipo. No soy el tipo de nadie, que quede entre tú y yo. Un poco demasiado ruidoso y soleado para la mayoría de la gente, lo cual es genial. Eso es lo que soy; no voy a disculparme. Pero me alegro de que lleves el azul hoy. El bígaro de verano es un color fabuloso. Puede que vuelva al azul. —Me tiré del mechón aún morado de mi pelo negro—. Aunque estaba pensando en el verde para la próxima vez, pero es una línea muy fina entre un increíble verde manzana y un verde cloro zombi. Pero cuando se hace bien, queda impresionante.

Julian parpadeó y negó con la cabeza, un poco confundido.

—Um, eso fue mucha información. No estoy seguro de por dónde debo empezar...

Di un paso atrás, chocando con mi carro.

—Lo siento. Ya sabes, divagación nerviosa, nivel de gran maestro. Pocos lo consiguen.

Julian me puso la mano en el brazo. Parecía dos partes de preocupación, cuatro partes de diversión y mil millones de partes de sensualidad.

Nunca se me dieron bien las matemáticas.

—Malachi, ¿estás bien?

Su voz grave y profunda me sacó de mi estupor. Asentí.

—Sí, claro que sí. Gracias por preguntar. Espero que tú y tu nuevo novio seáis muy felices juntos.

Se rio.

—¿De qué estás hablando?

¿No estuvo aquí para mi soliloquio digno de Hamlet?

—Eh, probablemente debería haber preguntado esto antes. No es que sea de mi incumbencia, para ser honesto. Pero... —Ains—. ¿Sabes qué? No es de mi incumbencia. Y si quisieras que lo supiera, me lo habrías dicho y el hecho de que no lo hayas hecho es todo lo que necesito saber. —Puse el paquete de calcetines en la estantería y lo escaneé, marcándolo como registrado—. Estoy bien, Julian. Gracias por preguntar, pero tengo mucho trabajo que hacer. Sin embargo, estoy feliz de seguir trabajando en las cartas del Queridísimo Milton James. —Consulté mi reloj. Me había perdido el almuerzo—. Oh. Bueno, de nuevo después del trabajo está bien...

—Me gusta trabajar en el almacén —dijo completamente fuera de tema. Me sorprendió un poco—. Debería hacerlo más a menudo. Catalogar y buscar, encontrar la carta o el paquete perdido de alguien. Es gratificante.

De acuerdo entonces. Y yo que pensaba que mi aleatoriedad era rara.

—Lo es. En realidad me gusta mucho mi trabajo. Cada día me gusta más.

—No estoy saliendo con nadie —dijo, su voz apenas superaba un susurro—. Aunque esta es probablemente una conversación que es mejor tener en algún lugar que no sea aquí. —Cogió una caja de su carro—. Será mejor que siga con esto. Esta caja contiene un campo de fútbol para una pecera para que tus peces de colores puedan jugar al fútbol. Cosas de calidad que cambian la vida.

—Nemo va a estar muy decepcionado de que eso no haya sido entregado —le contesté. Estuve a punto de sugerirle que comprobara la dirección Calle Wallaby, 42, pero afortunadamente mi cerebro me detuvo.

Julian sonrió mientras se alejaba, y tuve que tomarme un segundo para recuperar el aliento. Era soltero. Me dijo que estaba soltero. Y me dijo que no deberíamos hablar de este tipo de cosas en el trabajo, lo que significaba que sí quería hablar de este tipo de cosas, pero no aquí.

Quería hablar de que no salía con nadie y de lo que dije sobre querer gustarle. Y todo esto lo dijo mientras sonreía y no con una mirada horrorizada de asco.

Me sentí mareado.

Me las arreglé para almorzar muy tarde, comí en mi escritorio mientras buscaba nombres y direcciones. Envié algunos paquetes a sus legítimos propietarios y volví a archivar los que no había podido conseguir situar.

Las cinco no pudieron llegar lo suficientemente rápido y todo el mundo se fue más o menos a tiempo mientras yo me apresuraba a recoger y cerrar la sesión sin parecer demasiado emocionado.

—Diviértete —dijo Cherry mirando fijamente a la puerta de Julian.

Intenté poner los ojos en blanco, pero también intenté no sonreír y resultó que sólo podía hacer una cosa a la vez. Se rio mientras me hacía un gesto por encima del hombro.

Pero cuando llamé a la puerta de Julian, estaba de pie ante su escritorio, recogiendo, con la pantalla del ordenador apagada.

—Oh —dije. No tenía sentido tratar de ocultar mi decepción—. Supuse que volveríamos a trabajar en las cartas y perdí la oportunidad en el almuerzo. Está bien si no quieres. —Entonces me acordé de algo—. Mierda. Perderé el autobús.

—Malachi, espera —dijo impidiendo que me pusiera en marcha hacia la puerta principal. Esperó hasta que le presté toda mi atención. Estaba nervioso de nuevo, con las puntas de las orejas rosadas, y jugueteaba con su mochila sobre el escritorio—. No te preocupes por el autobús. Yo puedo llevarte.

—¿Estás seguro? Porque si corro... —Me encogí—. En realidad, si corro, te pido formalmente que no mires porque si alguna vez has visto a una jirafa recién nacida intentar usar sus patas...

Se encontró con mis ojos y sonrió.

—Quería volver a trabajar con las cartas.

—Oh. —Vale, estaba confundido...

—Me preguntaba si querías trabajar con ellas en otro lugar. ¿En algún lugar que no sea aquí?

Mi vientre se tensó.

—¿Ah? —Eso sonaba auspiciosamente como si fuera una

cita. Ese vértigo había vuelto—. Creía que no podíamos sacar ningún correo o producto del local.

Julian se enderezó un poco.

—Todo el correo que llega a través del sistema no se puede sacar del local, es cierto. Pero las cartas de Milton James no han entrado en el sistema. No desde hace unos treinta años.

—¿Quiere decir que viven aquí sin registro?

Asintió.

—Desde mucho antes de que yo empezara.

—Entonces, ¿quieres que las lea en otro sitio? —Entonces recordé algo—. Espera un momento. Me dijiste que teníamos que leerlas aquí.

Se encontró con mis ojos y tragó saliva.

—Pensé que sería lo mejor.

—¿Pero ahora?

Bajó la mirada a su mochila, jugó con la hebilla y dejó escapar una risa tranquila.

—Bien, este es el trato. Voy a ser completamente honesto contigo.

—De acueeeeerdo.

—Me gustas. —Levantó la mano rápidamente con la palma hacia adelante—. No de una manera extraña. Sólo creo que eres... No sé. Tal vez esto sea raro. Dijiste antes que eras soleado y ruidoso, y es cierto. He estado... —Hizo una mueca—. Me encerré en mí mismo durante mucho tiempo y no me di cuenta de que echaba de menos al tipo de gente soleada y ruidosa hasta que entraste con tu jersey de color limón. —Señaló mi jersey actual.

Intenté no ofenderme.

—Eh, este es amarillo sorbete de limón.

Sonrió, con una sonrisa de oreja a oreja.

—Lo siento. Amarillo sorbete de limón. Los calificativos gay... Estoy muy atrasado.

—Puedo dar lecciones.

Volvió a sonreír, un poco torcido esta vez, pero luego se desvaneció.

—He intentado que no me gustes. —Entonces me miró fijamente a los ojos—. Pero después de que te llevara a casa y me dijeras que te parecía atractivo, pensé que tal vez sería apropiado un poco de distanciamiento profesional.

Lo recordé.

—No me hablaste durante unos días. Me pregunté si había hecho algo malo. Quiero decir, aparte de decirte que eras atractivo. En tu cara.

Julian negó con la cabeza lentamente, casi sonriendo.

—No hiciste nada malo. Perdona si te he confundido. No era mi intención. Sólo intentaba tranquilizarme. Dije en serio lo de no darme cuenta de lo mucho que había echado de menos... ser feliz. —Se pasó la mano por el pelo y soltó un suspiro—. Fue una especie de llamada de atención.

—¿Eso... eso explica el cambio de vestuario?

Miró lo que llevaba puesto y soltó una carcajada.

—Ah, en realidad no. Tal vez. Tengo otros colores. Sólo llevaba la misma ropa para trabajar, como un uniforme. Y... alguien me dijo una vez que el marrón me sentaba bien. Me quedé con él, todos los días y no sé por qué.

—El marrón te sienta bien. Hace juego con tus ojos.

La sonrisa de Julian se volvió triste y asintió.

—Pero el azul te hace un bombón —añadí. Esta conversación era totalmente extraña y entraba de lleno en el terreno personal, así que no sabía dónde meterme—. Y la camisa entallada. Me gustaba el marrón hasta que apareciste con esa camisa.

Juro que se sonrojó.

—Iba a ir con la blanca.

—¿Blanco clásico o blanco de lino fresco?

—Blanco de lino fresco, seguro.

—No tienes ni idea y sólo has repetido lo que he dicho.

Se rio.

—Correcto.

—Podrías haberte inventado uno.

—¿Como por ejemplo?

—Cualquiera. El blanco de las flores silvestres, el sueño de la nieve o el blanco del invierno.

—Me falta tanto la imaginación como el ingenio para eso. Y de todos modos lo habrías sabido con seguridad. —Sus ojos bajaron hasta mi jersey—. ¿Es realmente sorbete de limón? ¿O te lo has inventado?

Me encontré sonriéndole.

—Oh, es real. Soy conocido por comprar cosas por sus bonitos nombres. ¿Cómo no vas a comprar un jersey que se llama sorbete de limón?

Me miró a los ojos y durante un largo momento no apartó la mirada.

—Entonces, estas cartas... ¿Quisieras ir a un restaurante o a un bar?

—Lo haría, normalmente, sí. ¿Pero voy a llorar leyendo el resto de las cartas? Julian, hay muchas posibilidades de que moquee, así que ¿es buena idea estar en público? Los otros clientes probablemente asumirán que estás rompiendo conmigo y recibirás miradas de muerte de todo el mundo y seremos famosos en TikTok y será todo un calvario... aunque puede que consiga bebidas de compasión gratis, así que a lo mejor no sea un plan terrible. Podríamos hacer que funcionara.

Volvió a reírse.

—Podríamos pedir una cena para llevar e ir al parque que hay al final de tu calle.

Hice una mueca. Por muy dulce que sonara, no era una gran idea.

—Podríamos. Mientras haya sol. Una vez que oscurece, se vuelve muy peligroso, y soy demasiado bonito para que me metan en los Juegos del Hambre.

Sonrió.

—Tomo nota.

—¿Podemos volver a mi casa si quieres? —pregunté sin pensarlo realmente—. Quiero decir, no para otra cosa que no sea comida para llevar y leer estas cartas, y para que pueda lloriquear como Judy Blume en la intimidad de mi propio piso.

Julian me miró fijamente, sonriendo, pero definitivamente había algún conflicto en esos ojos.

—¿Estás seguro?

Asentí, porque estaba seguro. Ahora que se lo había preguntado, quería que viniera a mi casa. Quería pasar tiempo con él fuera del trabajo, y mi casa era donde me sentía más cómodo.

—No estoy sugiriendo ni insinuando nada. Y no es una invitación para nada más. No estamos saliendo, después de todo, y no soy ese tipo de hombre.

Si Moni hubiera oído esas palabras salir de mi boca, se habría muerto de risa.

La comisura de la boca de Julian se torció hacia arriba.

—Tomo nota.

EL VIAJE de vuelta a mi casa fue bastante tranquilo. Nervioso y excitado, y tratando de no demostrarlo, decidí hablar de las opciones de cena que podíamos pedir en la casa. Aunque es probable que él supiera que estaba nervioso porque podría haber hablado del adobo de mi restaurante filipino favorito durante diez minutos seguidos, con una mención muy honorable a los fideos con albóndigas del bar de la esquina.

Julian sabía que era propenso a divagar cuando estaba nervioso y, por suerte, no pareció importarle. Incluso sonrió y me miró de vez en cuando como si me encontrara adorable.

Lo que, por supuesto, me puso más nervioso.

Él iba a ir a mi casa. Cabía la posibilidad de que nos besáramos o nos liáramos o, como me esforzaba por no pensar, que acabáramos en la cama.

Veis, tengo las mejores intenciones. Sólo me falta la fuerza de voluntad.

Pero tenía que ser fuerte.

No podía caer en la cama con mi jefe por capricho.

Quiero decir, podría... pero probablemente no debería.

Dijo que le gustaba. En su oficina, eso es lo que dijo. Dijo que yo era el sol que no sabía que le faltaba, y eso era posiblemente lo más bonito que alguien me hubiera dicho nunca.

—¿Seguro que estás bien con esto? Porque podemos intentar leer las cartas mañana a la hora de comer si no estamos tan ocupados.

Miré a Julian y luego fuera de mi ventana. Ni siquiera me había dado cuenta de que estábamos en mi calle, y mucho menos de que habíamos aparcado.

—Sí, por supuesto. Lo siento, estaba pensando... —Negué con la cabeza y levanté el bolso sobre mi regazo—. Entremos y podré pedir algo. Me muero de hambre.

No es que estuviera hambriento, pero pedir la comida,

esperar al repartidor y luego comer la comida era un montón de tiempo en el que no tendría la tentación de averiguar cómo se sentiría Julian contra mí, o a qué sabría, o cómo besaría...

Sí, la comida era una gran idea.

Salí del coche a tientas y traté de no hacer ruido mientras me seguía hasta mi piso. Siempre fui una persona ordenada; vivía solo, así que mi piso era respetable para la compañía.

—Entra.

Le conduje al pequeño salón que se abría a la vieja cocina. Puse mi mochila sobre la mesa de laminado retro.

—¿Te traigo algo de beber? —Abrí la nevera—. Tengo... agua, agua mineral con limón y latas de Canadian Club. O té y café.

—Eh, agua mineral con limón sería genial, gracias. —Miró a su alrededor, sonriendo—. Tu casa es muy... tú.

Me reí y asentí. Había una mezcla de cojines de colores extravagantes y obras de arte de portadas de discos en las paredes.

—Gracias. Moni y yo vamos de compras todo el tiempo. Su casa parece más bien una tienda de artículos de segunda mano, mientras que me gusta pensar que hago compras más refinadas y selectas. No le digas que he dicho eso.

Le entregué su bebida, cogí la pila de menús para llevar y me dirigí a mi sofá.

—Puedes elegir. Soy fácil.

Quería el adobo del que yo había despotricado, así que una vez pedido, Julian acercó su mochila y sacó las cartas.

Oh sí, las cartas...

Para lo que estaba aquí.

Me levanté y recogí la caja de pañuelos del banco de la

cocina y volví a sentarme en el suelo esta vez, apoyado en el sofá.

—Ya estoy preparado para todas las lágrimas.

Julian sonrió mientras me entregaba las cartas.

—No son tan malas.

—Bueno, lloro si hay un anuncio con un perro. No tiene que morir ni nada. Sólo tiene que estar en él, así que...

Julian se rio.

—Los anuncios no son tan malos para mí. Pero si un perro muere en una película o un libro... Entonces lloraré.

Jadeé.

—Dios mío. ¿En una película? No se perdona a nadie. Quiero decir, a nadie. Esa película Hachi, con Richard Gere. Bueno, Richard Gere ahora está muerto para mí. ¿Los guionistas? ¿Todo el reparto? Muertos para mí. ¿Los desgraciados que se sentaron a mi lado en el cine y tuvieron que oírme sollozar? Están muertos para mí. Todas y cada una de esas personas.

Julian se rio.

—Entonces, no sugieres que veamos Marley y yo durante la cena.

Le miré boquiabierto.

—¿Es una especie de prueba de fuego porque...?

Levantó la mano.

—Es una broma.

—Preferiría ver el Titanic una docena de veces y ver alegremente a Jack convertido en un polo cada una de esas veces.

Sonrió, pero luego hizo una mueca.

—Me pregunto si había perros en el Titanic.

Me quedé con la boca abierta.

—¿Por qué dices una cosa así? —Me llevé la mano a la

frente—. Dios, apuesto a que sí. ¿Por qué nadie habla de estas cosas? No volveré a ver el Titanic.

Julian asintió lentamente, sonriendo. Después de un rato, dijo:

—En esa puerta flotante había sitio para Jack.

—Dios mío, lo sé, ¿verdad? La perra lo dejó morir así.

Julian volvió a reírse y dio un sorbo a su bebida. Parecía tan casual y relajado, simplemente relajándose en mi casa, como si hubiera hecho esto mil veces, como si perteneciera a este lugar.

Fue un pensamiento reconfortante antes de darme cuenta de que todo estaba en mi cabeza. Quería que se relajara y se quedara en mi casa como si fuera la suya.

Desearlo era un juego peligroso.

Con un poco de sobresalto, recordé la carta que tenía en la mano y comencé a leerla.

Queridísimo Milton James,

Tomar tu mano es un sueño, aunque nadie pueda verlo. Sé lo que se siente. Lo he memorizado. Besarte es lo que se debe sentir en el cielo.

Nunca me cansaré de ello. Cada vez es una emoción que nunca soñé.

La forma en que me sonríes, la forma en que tu mano acaricia mi cara, cómo te sientes contra mí...

—OH, Dios mío —murmuré abanicándome la cara—. Sí que tiene facilidad de palabra.

Empezaba a pensar que podría necesitar esos pañuelos para algo más que para llorar.

Julian se rio.

—Es bastante poético.

—Poético y caliente.

Se la entregué para que la releyera y cogí la siguiente carta. No era menos hermosa.

Queridísimo Milton James,

Le dije a mi tía Kath que prefería no aceptar el trabajo que estaba tratando de conseguir para mí. Quiero ir a Sydney, a la universidad. Algo que quizás no habría considerado si no te fueras.

Quería estar donde tú estuvieras, pero eso no puede ser ahora.

La mayoría de la gente piensa que soy un tonto por querer ser profesor. Pero tú no. Me dijiste que persiguiera mi sueño, que siguiera mi corazón.

Te dije que mi corazón se iba a unir al ejército, y me besaste y me abrazaste muy fuerte.

Me dijiste que tu corazón se quedaría conmigo sin importar en qué parte del mundo estuviéramos.

Te amo, Milton James.

Un día te diré esas palabras, usando tu verdadero nombre.

Un día.

SUSPIRÉ y doblé la carta con suavidad. Garabateé algunas notas.

—Qué romántico.

Julian me miró entonces.

—¿Cuál estás leyendo?

Se la entregué y le di unos segundos para que la leyera.

—Pero no sólo esa. Son todas, quiero decir. Todo el asunto. Escribir cartas de amor al hombre que amas pero sabiendo que nunca las leerá. Dirigiéndolas incorrectamente, a un nombre que no es el verdadero de su amante, sin sello. Pero aun así necesita que sus palabras estén en el universo, en algún lugar.

Volví a suspirar justo cuando el intercomunicador zumbó.

—Eso será la cena —dije, y efectivamente, cinco minutos después estábamos sentados en el suelo, usando el sofá como respaldo, con las cartas recogidas para no derramar el contenido sobre ellas. Teníamos las piernas estiradas, cruzadas por los tobillos.

Julian era un comensal delicado. Pequeños y educados mordiscos, pero de vez en cuando inclinaba la cabeza hacia un lado en un lindo baile y tarareaba su aprobación. Al principio pensé que había imaginado los sonidos parecidos a gemidos, pero no, era él.

—¿Está bueno? —pregunté.

—Mm. —Tragó su bocado—. Está delicioso. Gracias por sugerirlo.

—Puedes encargarte de la siguiente vez —dije medio en broma, medio en serio. Quiero decir que esta vez había pagado yo. No es que me guste llevar la cuenta, pero si eso significaba una segunda cita...

Julian sonrió, con sus ojos marrones brillando.

—Trato hecho.

—No siempre me siento en el suelo, ¿sabes? —dije agitando el tenedor a la mesa.

—Pero es divertido —dijo.

—¿Divertido? Espera a que intentes ponerte de pie.

Se rio.

—Hace tiempo que no ceno sentado en el suelo.

—¿No traes a tus citas locas a tu casa y las haces sentarse en el suelo para comer? ¿Qué clase de hombre sensato eres?

Sonrió mientras masticaba, y me pregunté si había cruzado una línea.

—Un hombre sensato y aburrido.

—¿Aburrido? Lo dudo.

Hizo una mueca mientras apuraba más su cena con el tenedor.

—Aburrido y sensato. En realidad, eso es bastante exacto.

—Lo dices como si fuera algo malo. Esas dos cualidades no son malas. —Dejé mi recipiente de comida para llevar, demasiado lleno para comer otro bocado—. ¿Y aburrido y sensato según la definición de quién?

—De mi ex.

Oh.

—¿Te dijo eso?

—Sí, me lo dijo.

—Bueno, en primer lugar, que se joda por decir eso. Cómo se atreve. Y en segundo lugar, ser callado o reservado, o introvertido o reflexivo, no es aburrido y sensato. Ser alguna o todas esas cosas es un rasgo maravilloso. Querer quedarse en casa y ver una película o leer un libro, o lo que sea, es tan válido como ir de fiesta. Y para ser sincero, prefiero el tipo de hombre que prefiere hablar durante la cena que salir todo el tiempo.

Se rio.

—Gracias por decir eso. Pero honestamente, mi ex probablemente tenía razón. Nunca quise...

—Oye. Si no querías hacer algo y él se resentía por eso, entonces no era la persona adecuada para ti.

Julian me miró a los ojos y tras unos segundos, apartó la mirada.

—Eres muy inteligente.

—Y lindo.

Volvió a reírse.

—No quise ensombrecer nuestra conversación, lo siento. Todo el asunto del ex fue hace unos años y lo he superado. Pero me quedé... estancado, o aburrido. Simplemente me olvidé de mirar hacia arriba de vez en cuando.

—Hasta que entré con unas botas Estallido de Color Azul y una corbata elegante a juego.

—Y tu pelo a juego. —Volvió a reírse—. No quiero que pienses que estoy poniendo toda mi perspectiva en que aparecieras, porque no es así. Sólo fue un buen recordatorio.

Vaya.

Vale, pues vaya mierda.

Traté de no entrar en pánico. Dijo, básicamente, que conocerme le recordó vivir. ¿Cómo podría no sentirme mareado y flotando?

—Los recordatorios son buenos. —Mi voz salió entrecortada y parecía una mala imitación de Marilyn Monroe. Me aclaré la garganta—. Entonces, tu ex...

—Me engañó y luego me culpó por ello —respondió Julian, con mucha naturalidad—. Tampoco era la primera vez, al parecer.

—Oh, tío, lo siento mucho.

—Me ha dejado un poco descolocado, no voy a mentir. Tenía toda nuestra vida planeada como un idiota.

—No, el idiota era él.

Julian me sonrió y luego negó con la cabeza.

—No tengo ni idea de por qué te estoy contando todo esto.

—Es obvio —declaré—. Me estás contando todo esto para poder hacer un muñeco de vudú con él y hacerle sufrir. —Oh, Dios mío, esta era posiblemente mi mejor idea —. Podríamos seguirle, y cuando intente ligar con algún desafortunado desprevenido, podemos darle un pequeño golpe en la nuca o clavarle un alfiler en la polla y estaremos mirando desde el otro lado de la barra y podremos reírnos sin parar.

Julian se rio.

—No creo que tengamos que hacer eso.

—Ooh, podríamos empapar el muñeco de vudú en laxantes. Eso sería un experimento para los siglos.

Él se rio y fue tan hermoso. Su voz profunda, las pequeñas líneas de pliegue en la esquina de sus ojos, su cuello, su garganta, su sonrisa, y esos labios...

—Recuérdame que nunca te haga enfadar —dijo.

—No lo haría de verdad. Pero es agradable imaginarlo. —Suspiré—. Siento que haya hecho eso. Te mereces algo mejor.

—Sé que lo merezco. Ahora. Tardé en darme cuenta. Juré no tener hombres durante mucho tiempo.

—Oh, cariño, yo juro que dejaré a los hombres todos los fines de semana.

Sonrió ante eso.

—¿Y qué hay de ti? —dijo—. ¿Qué historias horribles de ex-novios tienes?

—Bueno, nunca he tenido un novio de verdad —admití. No pudo ocultar su sorpresa—. Quiero decir, he tenido novios y chicos con los que he salido durante unas semanas o meses, pero ninguno con el que haya planeado mi vida.

Estudió mi cara y se posó en mis ojos.

—¿Alguna vez has estado enamorado?

—Todos los viernes por la noche —respondí riendo—. Es una broma. Claro que lo he estado, creo. Me he enamorado de todos los chicos con los que he salido y a los que he llamado novio, pero no *amor* amor. Me encantaba estar con ellos, o me encantaba algo de ellos, o me encantaba que me hicieran reír, o me encantaba lo que me hacían en el dormitorio, pero ¿en cuanto al amor real? No lo sé. —Me sentí bastante tonto por admitirlo—. Sin embargo, me encanta todo. ¿Las portadas de los discos en la pared? Me encantan. ¿Estos zapatos lilas? Me encantan. Mi vecino del piso de al lado tiene un gato al que le gusta dormir en mi balcón. Me moriría por ese gato. Se llama Buster Jones y me encanta. Todas las noches le doy a escondidas taquitos de jamón o de pollo, pero es nuestro pequeño secreto. Mi amiga Moni tiene una chaqueta de cuero de color naranja mandarina y me encanta. Se la he pedido suplicando pero se niega. Lo mejor que haría es legármela en su testamento. Le dije que no me diera una razón para matarla, pero se limitó a reírse y a decir que nunca podría matarla porque tengo la fuerza en la parte superior del cuerpo como el papel mojado. —Me encogí de hombros—. Quiero decir, ella no está equivocada, pero...

—¿Por qué estás nervioso?

—Porque nunca he estado enamorado, y tú estás sentado muy cerca y tus ojos son tan bonitos. Son como el ágata de fuego. Tuve que buscarlo en Google, para que lo sepas. Y no dejas de mirarme como si quisieras besarme y yo no diría que no, aunque técnicamente eres mi jefe y le conté a Moni todo sobre ti y me hizo prometer que hablaríamos sobre los límites del trabajo antes de dejar que pasara algo y...

Me miró los labios y parpadeó lentamente, su mirada volvió a subir lentamente hasta mis ojos.

¿Había dejado de hablar o el corazón me latía en los oídos y no podía escuchar?

Se lamió los labios.

Cada célula de mi cuerpo se sentía viva, eléctrica, zumbando y deseando más. Y si se hubiera inclinado hacia mí y me hubiera besado en ese momento, me habría montado a horcajadas sobre su regazo y nos habría hecho trabajar en breve.

De todos modos, estaba a punto de hacerlo cuando él soltó un suspiro tembloroso y pareció salir del trance en el que se encontraba.

—Sí —dijo, áspero y ronco—. Probablemente deberíamos hablar.

CAPÍTULO NUEVE

—HABLAR ES UNA BUENA IDEA —dije—. También lo es subirse a ti como un árbol y pedirte que me lleves a la cama, pero sí, hablar probablemente sea mejor. Parece que hago mucho de eso, así que quizás deberías comenzar tú primero.

Dios, Malachi, deja de hablar.

Julian se rio y se pasó la mano por el cabello. Seguíamos sentados en el suelo, apoyados en el sofá.

—Creo que la conversación sobre los límites del trabajo es un buen punto de partida —dijo.

Asentí, estúpidamente. Estoy bastante seguro de que podría haber dicho que los alienígenas voladores de color púrpura iban a conquistar el mundo y yo habría asentido en acuerdo.

—Me gustas Malachi —dijo con sus mejillas de un precioso y cálido color rosa—. He intentado que no me gustes más que como colega, pero... —Sonrió encogiéndose de hombros—. Eso no funcionó. Voy a ser sincero contigo, sin pretensiones ni nada, y sólo te diré que me gustaría verte fuera del trabajo. Hace tiempo que no me interesa ver a nadie y mucho menos salir con alguien. Pero entonces, entraste en mi oficina y fue como si se encendiera una bombilla.

Mierda.

Estaba diciendo todo esto, sin tapujos, sin vueltas, sólo diciendo lo que quería.

Y lo que quería era a mí.

Dios, él podía expresar sus sentimientos, sus deseos y lo que fuera como un maldito adulto, y todo lo que yo podía hacer era asentir.

Así que asentí.

Él sonrió y finalmente encontré mi voz.

—Me gustaría eso. Verte fuera del trabajo, es decir. Como ahora mismo.

Su sonrisa se amplió, aliviada, feliz.

Hasta que añadí:

—Pero el trabajo...

Y su sonrisa tropezó.

—Complica las cosas, lo sé.

—Me gusta mucho mi trabajo. Y nunca me había gustado un trabajo. Nunca he tenido un trabajo al que me apetezca ir, y quiero mantenerlo.

Asintió.

—Lo entiendo.

—Eso no significa que no quiera verte tampoco. Yo... — Sólo pude encogerme de hombros—. No sé lo que significa. Eso fue un montón de negativas. ¿Una anula la otra? No estoy seguro, pero ya sabes lo que quiero decir.

Julian me dedicó una sonrisa triste.

—Me alegro de que te guste tu trabajo. Cuando empezaste, no estabas seguro de quedarte.

—Estaba seguro de que no lo haría. Sonreíste como si supieras que encajaría.

—Estaba seguro de que lo harías. Tu padre no creía que durarías.

—Mi padre... En realidad, probablemente nunca le he dado a mi padre razones para pensar que duraría en ningún trabajo. —Sonreí ante eso—. Se sorprendió más que yo cuando le dije que quería quedarme. Y, sinceramente, fue muy embarazoso que mi padre me llevara a verte. Me sentí como si estuviera de vuelta en la oficina del director de mi instituto después de otra detención.

—¿Te han castigado? No me lo puedo imaginar.

Oooh, sarcasmo. Me gustó. Me estaba permitiendo ver más de su verdadero yo.

—Los profesores me querían. A veces. Siempre y cuando no tuviera que defender ningún agravio o injusticia social o defender a las víctimas del acoso escolar. Entonces nos llevábamos bien.

Me miró a los ojos.

—¿Siempre has defendido al pequeño? Después de todo, te pusiste una falda para demostrar un punto sobre los códigos de vestimenta injustos.

—Siempre. Y creo que, por mucho que haya vuelto locos a mis padres con mi capacidad de cambiar de trabajo como de color de pelo, siempre han estado orgullosos de lo que defiendo. Si alguien estaba en problemas o si necesitaba ayuda o tenía demasiado miedo de hablar, yo lo hacía por ellos. Mi padre no puede enfadarse demasiado cuando ejerzo los principios que me inculcó.

—Incluso si les golpea de vuelta.

—Sobre todo entonces.

Bebió un sorbo de su bebida.

—Es una cualidad admirable.

Sonreí.

—Mi boca me ha metido en muchos problemas.

Sus ojos se dirigieron a mis labios y se quedó mirando.

—Ya veo por qué.

Bueno, mierda.

Eso fue muy descarado y la estática entre nosotros subió de tono. Estaba claro que había algo entre nosotros, pero ¿qué podíamos hacer al respecto? Toda esta conversación con él estaba dando vueltas en círculos.

—Entonces, ¿cómo...? ¿Intentamos siquiera vernos? Ni siquiera sé lo que estoy pidiendo.

Julian se lamió los labios y su atención se dirigió a las manos que descansaban en su regazo.

—No hay ninguna política corporativa de nuestra oficina que prohíba ese tipo de relaciones —dijo—. Así que eso es algo bueno, supongo.

—Pero luego está el intercambio de poder —añadí—. Ya sabes, si empezamos algo y luego te das cuenta de que soy mucho más sol de lo que esperabas, entonces podrías despedirme.

Se llevó la mano al pecho.

—Yo no... —Luego hizo una mueca—. Pero podría. Entiendo tu punto de vista, lo siento.

—Y no es sólo eso —dije—. ¿Y si los demás piensan que eres más indulgente conmigo o más injusto con ellos, o no sé... cualquier cosa que les haga pensar que tengo ventaja porque tú y yo tenemos la mejor vida sexual de la historia y todos están celosos?

Se rio de eso, pero luego suspiró.

—No lo sé. Es complicado.

—Lo es.

—No sé cuál es la respuesta.

Joder.

—Yo tampoco. Pero me alegro de que hayamos hablado.

—Lo mismo digo, Malachi. Yo...

—¿Tú, qué?

Negó con la cabeza.

—Nada. No sé qué iba a decir. Yo... desearía saberlo. Cuanto más hablamos, más lo deseo. Pero tienes razón. Tenemos que ser profesionales, y tú no quieres perder tu trabajo, yo no quiero perder el mío. Me encanta nuestro pequeño grupo de...

—¿Inadaptados?

Julian se rio y asintió.

—Sí. Me alegro de que disfrutes de tu trabajo y no quiero ponerlo en peligro.

—Eso no significa que no podamos seguir saliendo —dije aplacando mi decepción por el hecho de que lo que estaba brotando entre nosotros terminara justo aquí antes de que tuviera la oportunidad de florecer—. Todavía podemos cenar y ver películas o ir a museos de arte con dibujos al carbón de hombres desnudos.

Sonrió y asintió, aunque parecía tan decepcionado como yo.

—Suena bien.

—Así que estas cartas —dije cambiando de tema y tratando de levantar el ánimo—. No me faltan muchas.

Julian asintió.

—Sólo una cosa primero.

Contuve la respiración.

—Claro.

—¿Podemos sentarnos en el sofá? Tengo el culo entumecido.

Me eché a reír.

—Sí, por supuesto.

—¿Qué tal si sigues leyendo y yo limpio todo esto? —Ya había recogido nuestros envases de comida para llevar y los había llevado a la cocina, así que no tenía sentido discutir que era un invitado y que no debía limpiar.

En la siguiente carta se hablaba principalmente de la familia y de lo que ocurría en el pueblo y, por supuesto, de la inminente partida hacia el ejército. Había una clara sensación de su final y de una despedida que se acercaba cada día más.

Tomé algunas notas de detalles que no estaba seguro de que significaran algo.

—Eh, hay un gato en la puerta de tu balcón —dijo Julian.

—Ah, es Buster Jones. ¿Puedes dejarle entrar, por favor?

Abrió la puerta y Buster Jones entró, merodeó y se metió entre los pies de Julian, maullando su descontento en voz alta. Julian me miró, asustado.

—Es muy ruidoso. ¿Está enfadado conmigo?

—Hay unos dados de jamón en la nevera. O pollo. Lo que sea que haya ahí. Si pudieras darle un poco, sería genial. Hay un viejo recipiente de aceitunas. Lo uso para darle de comer.

—No puedo creer que alimentes al gato de tu vecino —dijo pero le sirvió un poco de jamón en dados. Dejó el recipiente en el suelo, Buster se abalanzó sobre él y Julian me sonrió—. Le gusta.

—Le encanta. Suele agradecerme con un abrazo.

Y, efectivamente, en cuanto Buster terminó su pequeño bocadillo, trotó hacia mí en el sofá, saltó y me dio un ronroneante golpe de cabeza. Se sentó conmigo un rato antes de tumbarse en la alfombra frente al televisor. Sonreí y saqué la siguiente carta.

Era un poco más interesante que la anterior.

Queridísimo Milton James,

Te vas en tres días y mi corazón no está preparado para romperse. Tu barbacoa familiar fue muy bonita para ti, ver a tus primos antes de irte te hizo feliz. Aunque egoístamente quería cada minuto contigo a solas.

Sé que tú también necesitas tiempo con ellos, así que me reconforta verte sonreír.

Finalmente me armé de valor para pedirte que estuvieras conmigo, que me tuvieras como un hombre podría tener a una mujer. Tenía mucho miedo. Pensé que te horrorizarías, que dirías que no y me rechazarías.

Pero dijiste que no querías nada más en el mundo.

Pude sentir la honestidad en tu toque, la sinceridad en tu beso.

—OH DIOS, esto es demasiado —respiré—. "Pude sentir la honestidad en tu toque". Dios, ¿quién dice eso?

Julian había vuelto al sofá y estaba sentado a mi lado.

—Es precioso, ¿verdad?

Levanté la carta.

—Esto es un romance. No como Rose, que dejó que Jack se ahogara cuando había espacio sobre la puerta. Eso no es romance. Eso es homicidio en segundo grado. Esto es romance.

Julian sonrió.

—Homicidio por negligencia, incluso.

Asentí. Lo entendió. Entendía la indignación.

—¿Verdad? —Suspiré—. Ahora estoy enfadado.

Intenté volver a meter la carta en su sobre, pero él me la quitó.

—Déjame hacer eso por ti.

Probablemente fue una buena idea. Era probable que la dañara con mis manos temblorosas.

—Más vale que la próxima carta no me haga enfadar. Tengo ganas de escribir una carta a James Cameron. Malditos Jack y Rose. Agh. Como Romeo y Julieta. De verdad. Todos acaban muertos.

Le lancé una mirada a Julian, sosteniendo la siguiente carta contra mi pecho.

—Dios mío, más vale que estos dos no acaben muertos. Julian, nunca te perdonaré si me obligas a leer esto y se mueren. Dijiste que no se había muerto.

—No muere. —Entonces hizo una mueca—. En estas cartas no lo hace. Pero no puedo garantizar que ambos sigan vivos ahora.

Lo miré fijamente.

—Oh, Dios. ¿Por qué has dicho eso?

Julian se acercó y me dio un apretón en la mano.

—Sigue leyendo.

Suspiré, sintiendo todo tipo de confusión y temor, y abrí la siguiente carta.

Queridísimo Milton James,

Quiero compartir esto contigo, estas palabras que parece que no puedo encontrar cómo decirlas, precisamente hoy.

Lo que hicimos anoche fue mágico. El cielo

estaba en mi cama, en tus brazos, en tus ojos. Lo que me hiciste... me hizo tuyo para siempre.

Te tuve dentro de mi cuerpo, mi queridísimo Milton James. Desearía que siguieras ahí ahora.

Me dijiste que me amabas, y yo te dije lo mismo.

Pero el tiempo siempre gana al final. Dejaste mi cama antes del amanecer, en este, tu último día aquí.

Me uní a tus padres en el andén, sin querer despedirme. Tú, precioso, tu tren, tu maleta, tu billete en el bolsillo interior del abrigo. Te despediste con la mano mientras el tren se alejaba, llevándote mi corazón.

Todavía puedo saborear tu beso de despedida en mis labios.

El regalo que me diste anoche está fresco en mi mente.

Lo que compartimos lo tendré siempre cerca. La forma en que me abrazaste, la forma en que me tocaste, el calor de tus manos en mi piel. La forma en que te moviste dentro de mí.

Nada se ha sentido nunca tan bien.

Te amo, Milton James. Ahora y siempre.

LEVANTÉ la vista de la carta, con las lágrimas amenazando con derramarse, y golpeé a Julian en el brazo.

—¡Lo dejó! De hecho, se fue a la maldita guerra. Dijiste...

—Dije que no había muerto —contestó sonriendo con

tristeza. Sacó un pañuelo de la caja y me lo entregó—. Lee la siguiente carta.

¿La siguiente carta? Todavía estaba tratando de procesar esta carta.

—Tuvieron sexo. —Levanté la carta como si fuera una prueba—. Hicieron el amor y él lo dejó. Mi corazón no puede soportar este tipo de cosas. Preferiría ver los anuncios de seguros en la televisión con cachorros y llorar por eso. En realidad, preferiría ver *"El silencio de los corderos"* con el extraño traje de piel humana o una película de terror con partes del cuerpo de un maniquí.

Me estremecí violentamente al pensarlo y Julian puso su mano sobre la mía y la apretó.

—Lee la siguiente.

Intenté odiar su preciosa cara sonriente, pero no pude.

Saqué la siguiente carta mientras Julian releía la que acababa de entregarle. Refunfuñé al abrirla, pero, de mala gana, empecé a leer.

Queridísimo Milton James,

Han pasado cuatro días, cuatro largos y horribles días desde que te fuiste. No sabía que un corazón humano pudiera sentirse así. ¿Cómo sigue latiendo cuando está tan roto? ¿Cómo sigue viviendo cuando todo se siente tan perdido para mí?

Estoy tratando de mantener la barbilla en alto como dijiste. Hacer mi propia vida como dijiste.

Me presenté a la universidad, en contra del criterio de mi padre. Él quería que me quedara, pero este pueblo no es para mí. El primer semestre comienza en febrero, y entonces me mudaré a

Sydney. Estoy intentando ahorrar todo el dinero que puedo antes de irme, y acepté el trabajo temporal en el ayuntamiento.

No sabía qué más podía hacer. Todo me parece un poco inútil, pero pienso en lo valiente que eres y eso me da fuerzas para planificar.

Pienso en ti a cada momento, en lo que hicimos. Todavía puedo sentir tu tacto, y cuando estoy solo en mi cama por la noche, revivo cada detalle.

Cada día que paso sin ti es un día más cerca de volver a verte.

Con todo mi amor,

Raymond

MIRÉ A JULIAN, atónito.

—Tenemos un nombre de pila.

Él sonrió.

—Lo tenemos.

Y entonces, como soy yo, me puse a llorar.

—Tenemos un nombre de pila. —Julian me dio un pañuelo limpio y me limpié los ojos. Y entonces me di cuenta de qué carta era la siguiente—. Sólo hay una carta más.

Julian asintió y la sacó cuidadosamente del sobre y me la entregó. Estaba demasiado emocionado para preguntarle algo. Tenía la misma dirección que todas ellas.

Queridísimo Milton James,

Hablé con tu madre en la calle y le pregunté, probablemente con demasiada emoción, por alguna noticia. Hace más de una semana que te has ido y te echo tanto de menos que las palabras no pueden expresarlo.

Me dijo que estabas en Duntroon y que te mantenías bien, que te habían asignado un papel administrativo.

Le pregunté qué significaba eso.

Dijo que serías un empleado de contabilidad. Demasiado bueno con los números para las botas en el barro, había dicho el contable general. No era probable que te desplegaran, me explicó tu madre. De momento, te han destinado a Duntroon. Seguía estando orgullosa y muy aliviada de que su hijo no fuera a la guerra.

Casi lloré en la calle. Casi lloré delante de tu madre.

Y supe entonces, como si una luz brillara entre las nubes, que no importaba que no escribieras como dijiste que lo harías. Estarías a salvo y eso era lo único que importaba.

Te amo, Milton James. Y de alguna manera te quiero más en tu ausencia. Esperaré el tiempo que sea necesario.

Tuyo, siempre.

VOLVÍ A LEER la última parte y cerré la carta con un suspiro.

—¿Eso es todo?

—Es la última carta, sí.

Le di la vuelta a la carta, como si hubiera alguna tinta mágica en el reverso. Por supuesto, no la había.

—Se siente... inconclusa.

—Porque lo está —dijo Julian en voz baja—. No sabemos qué pasó.

—Es como leer un libro con el capítulo final arrancado. Esto es como mi peor pesadilla.

—Creía que las partes del cuerpo falsas y los trajes de piel humana eran tu peor pesadilla.

—Lo son. Y los libros sin un final, son tres pesadillas.

Me sonrió, suave y encantador.

—Espero que podamos averiguar qué pasó.

—Tendré que añadirlo a mis notas —dije en voz baja—. Ahora estoy un poco desanimado. No hay cierre. Odio eso.

—Pero se lee como si no hubiera ido a la guerra. Estaba destinado aquí en Australia, y Raymond, el hombre que escribió la carta, dijo que esperaría.

—¿Crees que se volvieron a verse?

Por favor, di que sí. Por favor, di que sí.

—Me gustaría pensar que sí, sí. —Julian me frotó el brazo—. Tal vez Raymond se fue a la uni en Sidney como dijo que iba a hacer y Milton, o como sea su verdadero nombre, se tomó su licencia en Sidney para que pudieran estar juntos lejos de su pequeño y entrometido pueblo.

—Suena bien. —Y totalmente increíble, pero no lo dije. En su lugar, me conformé con un suspiro—. Quería... un final. Quería que fueran felices.

—No sabemos cómo será el final. Si es que podemos encontrarlos. —Julian estudió mi rostro por un momento—. ¿Todavía quieres intentar encontrarlos?

—Sí. Ahora más que nunca. Necesito saber qué pasó.

Sonrió, el tipo de sonrisa que arrugaba las esquinas de sus ojos. Dios, era guapo.

—Bueno, podemos empezar a buscar mañana. Ahora que ya hemos leído todas las cartas, podemos empezar a buscar.

Asentí.

—Entre tanto correr canastas de paquetes, cajas y cartas.

—Sí, y en ese sentido, debería ir a casa.

Parecía que no quería irse. Yo no quería que se fuera, pero habíamos decidido que probablemente no era una buena idea.

¿No es así?

—Sí, claro —dije—. Probablemente.

Recogió las cartas y le acompañé hasta la puerta y la abrí, aunque ninguno de los dos dio un paso más. Fue incómodo y excitante; mi corazón latía con fuerza y mi vientre estaba todo revuelto.

—Gracias por la cena —dijo—. Me ha gustado mucho pasar la noche contigo.

¿Estaba siendo formal porque estaba nervioso? No estaba muy seguro de lo que diría un caballero, dado que la mayoría de los chicos que había tenido en mi piso solían irse sin ni siquiera despedirse.

—Me gustó mucho que estuvieras aquí —respondí.

—Quise decir lo que dije. Si no debemos salir, como hemos hablado, entonces tal vez quieras pasar el rato o cenar alguna vez... No tenemos que hablar de ello en el trabajo si prefieres que nadie más lo sepa.

—Me gustaría —dije con la sangre zumbando. No estaba seguro de cuál era el protocolo para este tipo de veladas y supuse que un educado beso de despedida no podía hacer daño. Me incliné sobre los dedos de los pies y besé suavemente su mejilla—. Gracias.

Julian sonrió y dio unos pasos hacia el pasillo, pero se detuvo y se giró. Tenía las mejillas rosadas y el labio inferior entre los dientes, pero seguía sonriendo.

—Sabes —dijo, su voz era puro sexo—. Realmente me gustaría besarte como es debido, sólo una vez.

Joder.

Sonreí, casi me reí, y apenas había asentido una vez antes de que volviera a caminar hacia mí, me empujara contra el marco de la puerta y me besara.

Y cuando digo que me besó, quiero decir que me *besó*.

Me inmovilizó con su cuerpo contra la jamba de la puerta, una mano sujetó mi mandíbula y la otra se dirigió a la parte baja de mi espalda. Su boca, su lengua, su pasión, el gruñido que hizo.

Mis rodillas cedieron, pero él me sostuvo allí, presionando con fuerza en todos los lugares adecuados. Quería rodearle con las piernas, quería que me hiciera todas las cosas buenas y terribles que pudiera imaginar...

Pero entonces retiró su boca. Apoyó su frente en la mía durante un segundo mientras recuperábamos el aliento. Llevaba una sonrisa perversa con los labios hinchados y lujuria en los ojos. Me acarició el labio inferior y, cuando creí que mi corazón iba a estallar, dio un paso atrás y dejó que me sostuviera en pie.

Sonrió y asintió.

—Me lo imaginaba.

¿Qué había imaginado?

No podía pensar. Apenas podía mantenerme en pie. Y bajó las escaleras, muy satisfecho.

—Te veo mañana, Malachi.

Estaba tan aturdido que debí quedarme parado durante cinco minutos intentando que mi cerebro revuelto volviera a funcionar y que mis pulmones tomaran oxígeno. Conseguí entrar y me desplomé en el suelo contra la puerta, sonriendo como un tonto, con la cabeza todavía dando vueltas.

Saqué mi teléfono y llamé a mi contacto de emergencia. Contestó al segundo timbre.

—Más vale que sea importante, perra. Estoy viendo el episodio cuarenta y tres.

—Me besó —solté—. Julian me besó. Y cuando digo que me besó, quiero decir que el hombre sabe *cómo* besar. Moni, él... maldita sea. Sabe besar.

Hubo un tiempo de silencio. Luego un grito.

—¿Qué demonios, Malachi? Cuéntamelo todo.

CAPÍTULO DIEZ

JULIAN me empujó hacia la cama, presionando su peso sobre mí. Levantó mi pierna y la enganchó alrededor de su cadera, nuestras erecciones se rozaban una contra la otra, resbaladizas por el pre-semen.

La fricción, el calor y la presión creciente eran deliciosos.

Su beso era exigente y profundo. Sus firmes manos no dejaban lugar a dudas sobre lo que quería, arañando mi piel, desesperadas y deliciosas.

Entonces se untó de lubricante y estaba a punto de empujar dentro de mí. Lo deseaba tanto. Me acaricié, y me acerqué más al borde con cada caricia, dispuesto a que estuviera en mi interior, a que me llenara. Nunca había deseado nada más. Estaba tan cerca, tan preparado para correrme, tan...

Sonó un pitido, fuera de tiempo con mi mano en la polla, fuera de tiempo con nuestro ritmo.

Más pitidos y Julian desapareció. Su beso, su peso, su calor... desaparecieron.

Mi mano se detuvo y mi alarma siguió sonando.

Joder.

Un sueño.

Odiaba soñar.

Lo odiaba, joder.

Intenté cerrar los ojos y recuperar al Julian del sueño. Traté de imaginarlo, de sentirlo. Estaba a punto de follarme, maldita sea. Intenté darle a mi polla unas cuantas caricias largas. Intenté recuperar el momento...

Y entonces mi teléfono volvió a sonar porque debí pulsar "Posponer" en lugar de "Detener".

Consideré la posibilidad de tirar el teléfono, pero me di cuenta de que entonces sólo me estaría pitando desde el otro lado de la habitación, así que golpeé la pantalla repetida-mente hasta que el ruido cesó.

Mi polla había perdido todo el interés, y ahora estaba cabreado.

Joder.

Seguía enfadado en la ducha, seguía enfadado cuando me vestía y seguía enfadado en el autobús para ir al trabajo. Todavía estaba enfadado cuando llegué allí.

—Oh, vaya —dijo Paul cuando entré—. Leí en alguna parte que a la NASA le faltaban reflectores del Hubble. No sabía que los habían convertido en piezas de vestir.

Miré mi chaqueta. Era plateada y reflectante. Hacía juego con los parches de mis botas. No es que Paul pudiera apreciar eso. Me encontré con sus ojos brillantes de asesino en serie.

—Me puse esto para que pudieras mirarte bien.

Cherry sonrió, Theo se rio, e incluso Paul asintió.

—Muy bueno.

Después de sonreír para Theo y olfatear mi desdén en la dirección general de Paul, me senté al lado de Cherry.

—Buenos días —dijo ella con su habitual falta de entusiasmo.

Le di un sorbo a mi café.

—Hm.

Ella ignoró mi petulancia.

—El jefe no lleva marrón otra vez. Hoy va de azul marino y blanco. También se ve bien.

Me quedé con la taza de café en los labios, esforzándome por recordar la forma en que me besó anoche.

—Hm.

Su mirada se dirigió a la mía y se inclinó hacia delante.

—Te estás sonrojando.

—No, no lo estoy. —Levanté mi taza más alto para tratar de ocultar mi cara—. No lo estoy en absoluto.

—Mierda. ¿Qué ha pasado?

—¡Nada! —La miré de soslayo desde mi taza y sus ojos eran tan grandes como su sonrisa.

—Mierda. Y ese ha sido el peor intento de mentir que he visto nunca.

Puse mi café en la mesa y saqué mi teléfono.

—Siri, ¿cómo puedo ser mejor mentiroso?

—¿Qué pasó entre vosotros dos?

Y entonces, por supuesto, entró Julian. La conversación mía y de Cherry se detuvo allí mismo y mi cara estalló en llamas. No literalmente, obviamente. Pero seguro que se sintió así.

—Buenos días —dijo siempre tan informal. Llevaba pantalones azul marino, diferentes a los de ayer. Me di cuenta por las costuras, y estos le daban una forma mucho más agradable a su trasero. Y una camisa blanca abotonada con los puños de las mangas doblados una vez.

Sólo una vez.

Como si fuera un nivel completamente diferente de sexi.

—Buenos días —dijeron los demás.

Yo seguía mirando sus antebrazos.

—Buenos días —dije con retraso. También soné como una mujer de ochenta años que fumaba dos paquetes de cigarrillos al día, lo que me valió una mirada extraña de Cherry, que por supuesto ignoré.

Julian se dio la vuelta para mirarnos, con su café recién hecho en ambas manos. Le dio un sorbo y sonrió cuando entró Denise.

—Otro gran número de casos hoy. Hay muchas jaulas llenas en la parte de atrás. Y jefe, tu teléfono está sonando.

Julian se escabulló de la sala de descanso, pero "jaulas en abundancia" significaba que nos esperaba un día ajetreado, pero sin refunfuñar demasiado, todos lavaron sus tazas de café y empezaron su jornada. Cherry esperó a que estuviéramos solos. Lavó su taza y yo esperé mi turno.

—Así que Julian y tú, ¿eh?

—No —respondí. Me lanzó una mirada incrédula y pude sentir que mi cara ardía, así que desistí de intentar mentir—. Decidimos que probablemente sería una mala idea.

—Oh. —Cherry frunció el ceño y comenzó a secar su taza—. ¿Por qué?

—Sólo complica las cosas, ¿sabes? A mí me gusta mi trabajo y a él le gusta el suyo... —Empecé a lavar mi taza—. Si las cosas no funcionan, se complican.

—Y tu padre es su jefe.

Me encogí.

—Sí, bueno, voy a fingir que eso no existe.

Ella casi sonrió.

—Sólo se complica si tú lo permites.

Julian entró entonces y se acercó directamente a la cocina. Pasé de lavar mi taza a secarla. Cherry salió de la habitación más rápido que un rayo gótico, sonriendo mientras se iba.

Entonces nos quedamos solos, Julian y yo.

No quería que las cosas fueran incómodas entre nosotros, así que, por supuesto, las hice súper incómodas.

—Todavía estoy enfadado contigo, para que lo sepas.

Julian hizo una pausa y se volvió hacia mí.

—¿Por lo de anoche? No parecías muy enfadado cuando me fui.

Le fruncí el ceño.

—No, eso no. El beso no —susurré—. Cristo, puedes hacerme eso cuando quieras. Aquí mismo, si te apetece.

Sonrió pero estaba obviamente confundido.

—¿Entonces por qué estás enfadado conmigo?

—Porque estaba soñando contigo. Un sueño muy bonito, si me entiendes. Y justo cuando estaba llegando a la parte realmente buena, mi alarma sonó y tú desapareciste.

Su ceño se frunció y asintió.

—Sí, claro. Así que mi yo de ensueño, no el real, está en problemas.

—Correcto. Bueno, ambos, pero sobre todo el tú de ensueño.

—¿Cómo puedo tener problemas por algo que no he hecho?

—Pero lo hiciste.

—En tu cabeza.

—Sí.

Julian se rio y asintió lentamente.

—Ya. Entonces, ¿soñaste conmigo?

—Bueno, sí. Pero yo...

—Y era un sueño bonito, decías. Y estábamos llegando a la parte realmente buena...

—Sí. —Mi corazón se apretaba demasiado, mi vientre estaba lleno de mariposas—. Pero no puedo ser responsable. La forma en que te despediste no fue justa.

Sonrió y emitió un gruñido bajo de aprobación que me encendió por dentro. Sus ojos se dirigieron a mis labios.

—Entonces, ¿qué te estaba haciendo en este sueño?

Joder.

Me estaba tocando como un violín.

Necesitaba retomar algo de control o lo iba a trepar como un maldito árbol.

—Estabas lavando los platos y aspirando los suelos. Me hizo muy feliz porque odio las tareas domésticas. Estabas a punto de limpiar el baño cuando me desperté.

Sus ojos se encontraron con los míos y sonrió.

—Eres un mentiroso terrible.

—Eso me dicen siempre.

—Oh, bueno. Quizá termine el baño cuando vuelvas a soñar conmigo esta noche.

—Eres terriblemente confiado.

—Eres terriblemente lindo.

Estaba tan cerca ahora. ¿Estaba así de cerca hace un segundo? No estaba seguro. También olía bien.

—Pensé que no haríamos esto en el trabajo —murmuré aturdido por su cara estúpidamente atractiva—. En realidad, no creía que haríamos esto en absoluto.

Estudió mis ojos, buscando algo que yo no desconocía.

—Probablemente no deberíamos. Tienes razón.

—Y probablemente no deberías haberme besado anoche —suspiré.

Definitivamente estaba más cerca.

—Probablemente no debería haberlo hecho. Sin embargo, no puedo arrepentirme.

—Yo tampoco.

Levantó la mano como si fuera a tocarme la mejilla, pero entonces recordó dónde estaba. Salió del trance en el que estábamos, rompiendo nuestra conexión, y dio un paso atrás.

—Creía que decir que no... A las tareas domésticas era una buena idea, pero ahora no lo sé.

Resoplé.

—Mis tareas domésticas.

Se rio.

—Me gustaría mucho lavar tus platos y pasar la aspiradora.

—Estoy bastante seguro de que no me opondría a ponerme directamente a limpiar el baño —dije encogiéndome de hombros—. Si sabes lo que quiero decir.

Sonrió y volvió a mirar hacia la puerta antes de juguetear con los dedos.

—Estar contigo es divertido. Había olvidado lo que era la diversión. Pero si te parece bien, podríamos empezar con los platos y luego pasar la aspiradora. Limpiar el baño sería genial, no me malinterpretes. Pero los platos y la aspiradora también son importantes, ¿no crees?

En este punto, realmente no estaba seguro.

—Para que quede claro, estamos hablando de cosas como la cena, la conversación, algo de manoseo y más besos como los que me diste anoche porque, joder, sí, por favor. Y limpiar el baño es sexo alucinante, ¿verdad? Porque en mi sueño, eso es lo que era y esta conversación es completamente metafórica y sólo quiero estar seguro de lo que realmente estoy aceptando. Es decir, si quieres venir a mi casa y limpiar realmente mi baño, no te lo voy a impedir.

Julian se rio.

—Sí, metafóricamente, estamos en la misma página.

—Oh, bien.

—Así que tal vez deberíamos hacer las tareas básicas de la casa primero, como los platos y pasar la aspiradora. Estoy de acuerdo con eso. Creo que entonces podríamos establecer si estamos preparados para pasar a la limpieza del baño antes de que se complique. Dado que trabajamos juntos y necesitamos tener... límites profesionales.

—¿Cómo esta conversación?

Volvió a reírse.

—Hablar de las tareas domésticas es aceptable.

Toda esta conversación era increíble.

—Me alegro.

—Entonces...

—Hay que volver a fregar los platos en mi casa —sugerí—. Además, añadí más a las notas para las cartas de Milton James e hice una búsqueda rápida en Google pero no pude encontrar nada. No llegué muy lejos. Mi cerebro estaba un poco revuelto anoche cuando te fuiste. Tuve que pasar la aspiradora y limpiar mi propio baño unas cuantas veces, si entiendes lo que quiero decir.

Julian se rio, un sonido cálido y retumbante.

—¿Debo disculparme por eso?

—Oh, créeme, no son necesarias las disculpas. A menos que quieras disculparte por desaparecer en mi sueño justo cuando el baño realmente necesitaba una buena limpieza.

Sonrió y volvió a mirar a la puerta. Realmente habíamos estado aquí demasiado tiempo.

—Entonces, ¿esta noche...?

Asentí.

—Claro. —Entonces recordé algo—. ¿Puedo preguntarte

qué quisiste decir anoche? Cuando te ibas, dijiste algo así como: "Sí, eso es lo que pensé".

Por primera vez, parecía un poco avergonzado. Pero sus ojos se encontraron con los míos y me atravesaron con su mirada.

—Me preguntaba cómo responderías. Cómo sabrías.

Oh, maldita sea.

Me temblaron las rodillas.

—¿Y?

—Y fue tan bueno como pensé que sería.

Mi rodilla izquierda se dobló y mi cabeza dio vueltas.

—Creo que tengo que sentarme.

Volvió a reírse.

—Entonces, esta noche...

Todo lo que pude hacer fue asentir, y él salió de la habitación con una sonrisa de satisfacción.

Imbécil.

Me llevé la mano a la frente y respiré profundamente. La única razón por la que no tenía una erección ahora mismo era porque mi cerebro había hecho un cortocircuito con el resto de mi cuerpo.

Error 404. Erección No Encontrada.

Poder caminar y hablar tampoco tenía muy buena pinta. Hasta que Cherry asomó la cabeza por la puerta. Llevaba una sonrisa curiosa.

—¿Todo bien?

Asentí y negué con la cabeza al mismo tiempo, con la mano aún en la frente, y mi respiración era algo extraña.

—Claro —chillé.

Ella se rio.

—Bien. Ya estás atrasado en tu primera jaula.

Ah, sí. Trabajo. Tuve que decirle a mis piernas que se

movieran, una delante de la otra, para encontrarme con ella en la puerta.

—Lo siento. El cerebro está un poco revuelto.

Ella sonrió, y mientras caminábamos juntos por el pasillo D, dijo:

—Me vas a contar todo a la hora de comer.

—¿CHERRY Y TÚ parecíais estar teniendo una agradable charla en el almuerzo?

Julian y yo estábamos en su coche de camino a mi casa después del trabajo. Estaba lloviznando, algo miserable, y él venía a mi casa para... lavar los platos y tal vez pasar la aspiradora. Lo cual, si aún no os habéis puesto al día, era un código para cenar y besarse.

Él conducía, por supuesto, y su pregunta me desconcertó un poco. Estaba sonriendo, pero había un borde en él, y supe que tenía que decir la verdad.

—Le dije que me habías besado —solté—. Lo siento, pero me preguntó por qué estaba todo alterado y había perdido la capacidad de hablar o pensar, y sabes que no puedo mentir. Ya ha quedado claro. Así que le dije que estábamos trabajando en las cartas de Milton James -que sí, también le conté-. Te advertí que no puedo guardar un secreto, lo siento, y ella dijo: "Dios mío, ¿qué está pasando entre vosotros dos? Las feromonas son asfixiantes", y luego con las cartas y que estuvieras en mi casa anoche, y cómo me besaste tan jodidamente bien que mis ancestros te lo agradecieron...

Parpadeó.

—Lo siento, pero todo salió a la luz y ya sabes que no puedo dejar de hablar cuando me pongo nervioso, pero ella prometió no decírselo a nadie. Y cumplirá su palabra. Ella puede guardar secretos. Yo, en cambio, no puedo. Lo siento.

Julian se concentró en el tráfico durante un segundo antes de sonreír.

—¿Tus antepasados me dieron las gracias?

—Hasta la Edad Media.

Se rio y negó con la cabeza.

—¿No estás enfadado conmigo? —pregunté—. Lo siento. Ella preguntó y me entró el pánico.

—No estoy enfadado. Preferiría que nadie más en la oficina lo supiera, pero no puedo enfadarme contigo por decir la verdad. —Suspiró—. Me gusta que no puedas mentir.

—Técnicamente, puedo mentir. Sólo que parece que estoy siendo taserizado mientras lo intento.

—¿Taserizado?

—Sí. Deterioro de la función física con alto voltaje. Un fallo en mi matriz, un error 502 tipo "Puerta de Enlace no Valida". —Se rio y yo hice un mohín—. También tuve la misma reacción cuando me besaste anoche y cuando hiciste toda esa charla sucia hoy sobre lavar los platos, aspirar y limpiar el baño. Fue entonces cuando Cherry supo que algo pasaba porque yo seguía funcionando mal cuando me encontró.

Julian se rio y me lanzó una cálida sonrisa.

—Simplemente nunca sé por dónde va a ir una frase cuando hablamos.

Puse los ojos en blanco.

—Sí, ahora todo es bonito. Sólo espera un año cuando prefieras apuñalarte en la oreja con un picahielos que tener una conversación conmigo.

Julian levantó una ceja.

—Un año, ¿eh?

Dios.

—No estoy insinuando que todavía estaremos... lavando platos o limpiando el baño del otro en un año. Estaba, más bien, insinuando que querrás apuñalarte en la oreja en lugar de escucharme parlotear. Bueno, Dios, he hecho esto incómodo. Lo siento. No estaba insinuando nada. No hay necesidad de entrar en pánico. No estoy sacando ninguna conclusión sobre a dónde va esto o incluso cómo va a funcionar. No hay presión. No soy un tipo de presión. Es sólo un trato de "lavemos los platos y veamos cómo van las cosas", ¿no? Dios, estoy tratando de callarme ahora mismo...

Julian me tendió la mano, con la palma hacia arriba, a través de la consola central de su coche. ¿Qué debía hacer con ella? ¿Sostenerla?

Oh.

Deslicé mi palma en la suya, él entrelazó nuestros dedos y colocó nuestras manos unidas en mi rodilla. Dejé de hablar. De hecho, no volvimos a hablar en todo el camino hasta mi casa.

Sólo nos tomamos de las manos.

CAPÍTULO ONCE

—ENTONCES, lo que tengo hasta ahora es...

Julian y yo estábamos en mi sofá, había envases de comida para llevar en la mesa de centro con vasos de agua mineral y Buster Jones estaba dormido en el suelo de linóleo después de que le hubiera dado unos trocitos de pollo.

Julian y yo nos las habíamos arreglado para no arrancarnos la ropa el uno al otro nada más entrar por la puerta. Sobre todo gracias a Buster Jones, que estaba maullando con bastante rudeza en la puerta de mi balcón. Julian había pedido la cena esta vez y la entregaron en un abrir y cerrar de ojos.

Me pregunté si Julian se abalanzaría sobre mí en cuanto entráramos, pero obviamente decidió que una larga y caliente follada de miradas sería más efectiva.

No se equivocó.

No podía dejar de mirarle a los ojos.

—¿Sí? ¿Lo que tienes hasta ahora es...?

Ah, sí.

Miré las notas que tenía en la mano.

—Notas. Sobre las cartas. Las cartas de Milton James. —

Mi cerebro era una pila de vapores de pegamento—. Tienes que dejar de mirarme así.

—¿Cómo?

—Como si quisieras saltarte la limpieza de los platos y la aspiradora y pasar directamente a limpiar el baño.

Se rio, despreocupado y encantador. Esa voz profunda suya hizo que mis entrañas se estremecieran.

—Bueno, eres lindo. No puedo evitarlo.

—¿Soy lindo?

—Sí. Me dijiste, en mi cara, que era atractivo. ¿Por qué no puedo decir lo mismo de ti?

—Porque tengo muy poco control sobre lo que sale de mi boca, y eso no es una excusa que puedas utilizar.

Sonrió, pero había un borde serio en él.

—No estoy usando ninguna excusa. Eres muy lindo.

—¿Lindo en un buen sentido divertido, o lindo en el sentido infantil y condescendiente?

—Definitivamente bueno y divertido. —Se encogió de hombros—. No bromeaba cuando dije que eras como el sol y que había olvidado lo que era la diversión. Salir contigo es diferente y emocionante, definitivamente no es a lo que estoy acostumbrado.

—¿A qué estás acostumbrado? ¿Qué tipo de chicos?

—Los aburridos y sensatos. Y supongo que eso me convenía. No soy del tipo al aire libre o del tipo aventurero, realmente. Mi ex y yo hacíamos cenas y toda esa mierda pretenciosa. Cuando lo que yo quería era tener noches de películas temáticas, como de los ochenta o de ciencia ficción, acurrucados en el sofá. O ir a exposiciones de arte. O hacer pasaportes de comida y comer todas las diferentes nacionalidades de cocina que nunca habíamos comido. Lo que él quería hacer era fingir que no cumplió los treinta y drogarse con hombres al azar en los baños de las discotecas.

Oh, tío.

—¿Cómo se llamaba? Tu ex. Necesito saber qué nombre maldecir cada vez que lo escuche.

—Christopher.

—¿No es Chris?

—Oh no, *Christopher*.

—Bueno, espero que sea decididamente miserable y que el karma se cague en él desde una gran altura.

Julian sonrió.

—Ya no me importa lo que le haga el karma.

—¿A qué clase de gilipollas no le parece que un pasaporte de comida es *lo* mejor que hay? Podrías hacer un librito y tener sellos por cada comida de todo el mundo que comas. Me encanta esa idea.

—Lo sé, ¿verdad? Suena divertido.

—Y si no hubiera un restaurante o una cafetería, podríamos comprar los ingredientes y simplemente hacerla en su lugar. No sé qué probabilidades hay de encontrar una auténtica cocina andorrana o kirguisa aquí en Sidney, así que quizá tengamos que buscar en Google y hacerla nosotros mismos.

—Acabas de decir nosotros.

Intenté disimular y hacerme el remolón.

—Bueno, sí, si decidimos que no estamos bien para… pasar la aspiradora y limpiar el baño del otro, entonces no hay razón para que no podamos seguir saliendo y probar las 195 cocinas de todo el mundo.

—Me gustaría eso.

—Igual a mí. —Luego añadí—: Pero para que quede claro, me gustaría mucho que lo de las tareas domésticas fuera una cosa, pero lo entenderé si no va a funcionar. En cualquier caso, me alegro de que podamos hablar de ello.

—Yo también. Y sí, para que lo sepas, aprecio tu honestidad y franqueza.

—Ser abierto y franco es la única manera de evitar las tonterías, ¿no? Sobre todo teniendo en cuenta que trabajamos juntos.

—Muy cierto.

—Y hablando de honestidad y de ser franco, ¿quieres que repase esta lista de notas sobre las cartas de Milton James, o deberíamos prescindir de las formalidades y empezar a enrollarnos?

Se rio y terminó con un gemido.

—No puedo creer que vaya a decir esto... pero ¿las cartas? Si vamos a tomarnos nuestro tiempo y ser responsables...

—¡Oh, tu autocontrol es de acero!

—Hecho de estupidez —murmuró—. No puedo creer que me decante por las cartas antes que por la oportunidad de volver a besarte.

—Nunca dije que no pudieras besarme después de leer las notas.

Puso los ojos en blanco.

—Entonces date prisa y léemelas.

Por un momento consideré la idea de tirar las notas por encima del hombro y subirme encima de él, montarlo a horcajadas y besarlo por todo lo que valía. Pero estábamos siendo adultos, aparentemente...

Respiré profundamente y leí mis notas en voz alta.

—Probablemente ya sabes todo esto, teniendo en cuenta que intentaste encontrar a nuestro Milton James.

—No me esforcé mucho. Busqué en Google unas tres cosas y decidí no perseguir la búsqueda.

Asentí, porque era justo.

—Bien, entonces vivían en un pueblo pequeño que no

tenía cine. Tenían que ir al pueblo de al lado para ir al cine, así que podemos suponer que su pueblo era un pueblo satélite de otro más grande. A no más de una hora de distancia, diría yo. Había una carretera a las afueras del pueblo llamada Carretera Acacia que conducía al río de la ribera donde nadaban. Eso debería ser una buena pista si podemos reducirla más. Y estoy asumiendo que todo esto tuvo lugar en la banda central de Nueva Gales del Sur, porque cuando hablan de ir a la ciudad, dicen Sydney. Si es la parte sur del estado, podrían ir a Melbourne, o al norte, probablemente irían a Brisbane porque están geográficamente más cerca. Su pueblo tenía una oficina del consejo. Bueno, su pueblo tenía una oficina del consejo a principios de los años setenta. Había una ferretería propiedad de un Sr. Killian que tenía un callejón detrás. Tal vez podríamos acceder a los detalles del registro de negocios de esa época y ver si podemos encontrar a un Sr. Killian. Eso nos daría al menos un pueblo.

Julian sonrió.

—Buena idea.

—¿Qué encontraste cuando buscaste?

—Había un americano llamado Milton James que actuaba y hacía muchos trabajos de doblaje en videojuegos. Pero no empezó una vida pública hasta una década después de que se escribieran estas cartas. La mayoría de las búsquedas en Internet conducen a él. Había una oficina inmobiliaria y un montón de avisos del memorial de guerra para los militares de las guerras mundiales. Así que refiné la búsqueda para décadas anteriores, dado que Milton es un nombre generacional más antiguo. Pensé que si esto fue escrito en los años setenta y se refieren a alguien que ya era bastante mayor, debería empezar a buscar hasta los años veinte. —Se encogió de hombros—.

Pero sabemos que Milton James no es su nombre. Raymond dice que algún día llamará a Milton por su verdadero nombre. Y una cosa que no ha cambiado a lo largo de las décadas es que los adolescentes idolatran a los famosos, ¿no? Así que me fijé en los actores y cantantes porque a la mayoría de los adolescentes les gusta eso. Entonces no había Internet, así que tenían que ser famosos por algún medio de comunicación popular. Tal vez. Quién sabe.

—Podría ser un pintor —sugerí—. O un famoso poeta inglés del siglo XVIII del que aprendieron en la escuela. Oh, espera, ese era John Milton.

—Exactamente. —Julian asintió lentamente—. Podría ser cualquier James o Milton famoso.

—O podría ser completamente ficticio. O tal vez uno de ellos vivía en la Calle Milton, o era su segundo nombre. O tal vez simplemente le gustaba cómo sonaba.

—También hay bastantes James Milton. Ambos nombres son intercambiables como nombres o apellidos. —Julian suspiró—. Creo que buscar pistas externas es nuestra mejor opción, como has dicho. El dueño de la ferretería o el nombre de la carretera. Entonces quizá encontremos algo que haga que todo se relacione. También está el pueblo llamado Milton que no ayuda en la búsqueda.

Asentí y me acerqué a mi portátil y puse a trabajar a Google.

No encontré nada en cuanto a nombres. Bueno, muchas coincidencias, pero como dijo Julian, no llegó a ninguna parte. Primero teníamos que conseguir un pueblo.

Escribí *Ferretería Killian, rural Nueva Gales del Sur* para un barrido amplio, sin esperar ningún resultado y obtuve exactamente eso. Entonces fui a la página web del Archivo Nacional y a los Registros de Empresas Australianas, probé algunas variaciones y fechas diferentes, pero no obtuve exactamente nada.

Cuando miré a Julian, descubrí que Buster Jones estaba ahora en su regazo ronroneando y Julian me sonreía.

Nunca había deseado tanto ser un gato en mi vida.

—Perdona, eso no es justo —dije ofendido—. ¿Por qué a él se le permite estar en tu regazo y a mí no?

Julian se rio.

—Técnicamente nunca dije que no se te permitiera.

Jadeé y señalé mi portátil.

—Dijiste que tenía que hacer esto primero. —Entonces, entorné los ojos para mirarlo—. En realidad, dijiste que querías hacer todo tipo de tareas domésticas, luego dijiste que no debíamos hacer ningún tipo de tareas domésticas, luego dijiste que podíamos, luego como que dijimos que no debíamos, y ahora se me permite estar en tu regazo. Y con todas estas idas y venidas, estoy tan confundido, no sé si estamos o no estamos...

Julian dejó al pobre Buster Jones en el suelo, recogió mi portátil y lo deslizó sobre la mesa de centro antes de tomarme de las manos y mirarme fijamente a los ojos.

—Quiero verte, Malachi. Quiero pasar tiempo contigo. Sé que el trabajo lo complica y lo siento. He intentado no desearte y he intentado ignorar lo que siento, pero aquí estoy. Quiero que seamos más que amigos. Cuanto más tiempo compartimos, más me gusta estar contigo. Y si quieres subirte a mi regazo como el gato, desde luego no te lo voy a impedir.

Oh, vaya. Sentí que el corazón se me iba a salir del pecho. No podía recordar cómo respirar.

Entonces se pasó la mano por el cabello.

—Pero...

Agh. Siempre había un pero.

—¿Pero qué?

—Pero soy tu jefe.

—Lo sé.

—Sé que hemos hablado de esto antes, pero necesito que sepas que nada en el trabajo cambia. Seguirás actuando como un buen empleado y yo seguiré siendo un jefe justo. No espero ni más ni menos de ti. Y tú no esperas ni más ni menos de mí. No hay presión. Si decides que no quieres verme, tienes mi palabra, Malachi, de que tu trabajo está protegido.

—Gracias.

—No quiero que nadie piense que te he coaccionado o que te he hecho creer que tenías que estar conmigo para conservar tu trabajo.

Resoplé.

—Cualquiera que me conozca sabe que no se me puede coaccionar para que haga algo que no quiero.

Sonrió.

—No querías este trabajo cuando empezaste.

—No, no pensaba quedarme. No me oponía a empezar. Me oponía a quedarme.

Se rio de eso.

—Y ahora quieres quedarte.

—Sí, quiero. La gente con la que trabajo es genial, y el jefe es jodidamente sexi.

—¿Eso es cierto?

Asentí lentamente.

—Y por suerte, está en mi sofá ahora mismo. Y tiene una mirada que me hace arder por dentro.

Su sonrisa se convirtió en algo sensual y delicioso.

—Me gustaría mucho besarte ahora mismo —susurró bajo y ronco.

—Me gustaría mucho que me besaras ahora mismo. —

Ni siquiera sé cómo conseguí hablar y mucho menos quitarle las gafas. Esos ojos de color pardo me quemaban.

Deslizó su mano a lo largo de mi mandíbula y me pasó el pulgar por el labio inferior, muy suavemente. Sus ojos no se apartaron de los míos, oscuros e intensos, mientras me acercaba para besarme.

Sus labios eran suaves y cálidos, y eran dulces y castos... hasta que inclinó mi cabeza y abrió mis labios con los suyos. Su otra mano estaba en mi cuello, en mi garganta y en mi cabello y su lengua estaba en mi boca. Era el dueño de este beso, y también de mí.

Estaba en sus manos, para que me diera forma y me manipulara a su antojo.

La forma en que me besó la noche anterior había sido increíble, pero esto era diferente. Había ternura en este beso, junto con el trato de hombre y las aparentes vibraciones de papi que no sabía que necesitaba.

No había ninguna duda al respecto. Él estaba al cien por ciento al mando y a mí me encantaba.

Me besó profundamente, me besó dulcemente, me acunó la cara, la mandíbula, me pasó los dedos por el pelo. Era una sobrecarga sensorial, pero no era suficiente.

Necesitaba sentirlo contra mí, en todos los lugares adecuados. Pero estar uno al lado del otro en el sofá no era lo ideal. Rompí el beso, ya sea para que mi alma saliera de mi cuerpo o para poder respirar. No estaba seguro en ese momento. Me levanté y pasé mi pierna por encima de sus muslos para ponerme a horcajadas sobre él.

Me miró, sorprendido pero sonriente, y esta vez le cogí la cara con las manos y le besé. Sus manos se dirigieron a mis caderas, me rodearon y me acercaron y...

Joder.

El sonido que emitió, el gemido, el gemido doloroso y

gutural que retumbó en algún lugar de su interior hizo saltar chispas en cada fibra de mi cuerpo.

Intenté presionar, frotar y empujar. Quería sentirlo, pero sus manos en mis caderas me retuvieron.

—Malachi —murmuró contra mi boca. Era una súplica, una advertencia.

Me quejé, por supuesto, como un niño que no puede comer helado porque no se ha comido las verduras.

—Deberíamos enfriarlo un poco —dijo con una mueca de dolor—. Ha pasado mucho tiempo para mí y mi cuerpo no está acostumbrado.

—Oh. Lo siento. ¿Necesitas que te ayude con algo?

Se rio y hundió su cara en mi cuello. Su cálido aliento y sus labios húmedos eran sublimes.

—No, estaré bien.

Excepto que sus labios en mi piel me hicieron estremecer. Él gruñó y yo me reí.

—Eso fue culpa tuya. —Pero había oído lo que había dicho, así que me aparté un poco para sentarme más sobre sus rodillas en lugar de apretarme contra su entrepierna. Le acaricié la mejilla, la mandíbula y le di un beso en los labios rosados e hinchados. Sus ojos no parecían enfocarse—. ¿Puedes verme sin tus gafas?

Sonrió.

—Sí. Eres el borrón más bonito que he visto nunca.

Me reí y lo besé de nuevo, y de nuevo, y de nuevo, burlándome de sus labios con la punta de mi lengua, lo suficiente para que me gruñera.

—Estoy tratando de ser bueno —dijo, cerrando lentamente los ojos—. No me lo estás poniendo muy fácil.

—Lo siento. —Me aparté y me dejó ir, lo cual fue un poco decepcionante, no voy a mentir. Le devolví las gafas y tomé su mano y le besé la palma—. Pero eres increíblemente bueno besando. Si pudiera dejar una crítica en Yelp, sería de cinco estrellas, lo recomendaría totalmente, espero volver a hacerlo pronto.

Se rio y se puso las gafas, luego tomó mi mano de nuevo.

—No tienes ni idea de lo mucho que no quería que dejaras de hacerlo. Pero estamos adentrándonos en las tareas domésticas suavemente, ¿no? Asegurándonos de que es lo que ambos queremos antes de empezar a fregar los baños.

Asentí de mala gana.

—Sí, lo sé. Y te lo agradezco. Pero podemos hacer algunas tareas domésticas ligeras, ¿no? Vajilla, limpiar algunas ventanas, un poco de polvo.

—Me gustaría mucho. Es que me he acalorado un poco, lo siento.

—No te disculpes. Es un cumplido.

Suspiró.

—¿Has terminado de trabajar en las cartas por esta noche?

—Puede que intente buscar más cosas en Google más tarde. Estoy seguro de que voy a ver algún... centro de trabajo doméstico cuando te vayas.

Se rio.

—Centro de tareas domésticas.

—Sí. Como GayHub pero para... bueno, en realidad es simplemente GayHub. Llamarle centro de tareas domésticas me parecía raro. Sólo intentaba mantener la broma.

—Tal vez la próxima vez podríamos progresar a otras tareas domésticas ligeras —dijo con las mejillas rosadas—. Podría llevarte a cenar o a un bar de tapas o algo así primero, si quieres.

—¿Como una cita de verdad?

Hizo una mueca.

—Bueno, sí. Pero, ¿que yo venga aquí a por comida para llevar no es una cita?

Bueno, mierda.

—Supongo que sí. No estaba seguro de cómo llamarlo, para ser honesto.

¿Así que esta sería nuestra segunda cita? Estaba demasiado asustado para preguntar.

Sonrió tímidamente y jugó un poco con mis dedos.

—¿Te parece bien el viernes por la noche? ¿Para cenar?

—El viernes por la noche me parece estupendo. ¿Podemos hacer lo del pasaporte de comida? Me encanta la idea.

Me sonrió.

—Por supuesto que podemos. Entonces debería irme ya y dejarte para...

—Ver porno.

Se quejó.

—No estás haciendo que sea fácil irme.

Lo besé, mi mano en su mejilla, honestamente a punto de decirle que se quedara cuando mi teléfono sonó. Por supuesto, la palabra *Mamá* apareció en la pantalla, lo que fue el equivalente a un balde de agua fría.

—Agh.

—Deberías contestarlo —dijo Julian.

—Debería tirar mi teléfono por la ventana —dije y luego contesté la llamada mientras me desenganchaba de Julian—. Hola, mamá.

—Hola, cariño.

Por supuesto, Julian se levantó y se reajustó. Un bulto bastante grande en sus pantalones.

—Dios mío.

—¿Qué pasa? —preguntó mamá.

—Oh, nada —susurré—. Sólo estoy viendo algo en la

televisión. Espera un segundo. Mamá, ¿puedo llamarte enseguida? Dame dos minutos.

Desconecté la llamada y me quedé mirando el enorme -y cuando digo enorme, quiero decir enorme- bulto con forma de polla en los pantalones de trabajo de Julian. Es decir, sabía que podía sentir algo cuando estaba a horcajadas sobre él, pero ¿verlo? Se me pusieron los huesos de gelatina.

Julian se rio.

—¿Estás bien?

—Realmente lo estoy —dije todavía mirando su entrepierna—. No puedo decir que vaya a decir lo mismo después de la noche del viernes. Tu polla es enorme.

Julian volvió a reírse y se *re*-reajustó. Me di cuenta de que estaba un poco avergonzado, pero me acunó la cara con las manos, me besó y me dijo:

—Te lo voy a hacer pasar muy bien.

Luego recogió su chaqueta del respaldo de la silla y con una sonrisa de satisfacción, me dejó sin palabras y aturdido en medio de mi salón. Estoy seguro de haber oído su risa en el hueco de la escalera.

Todavía aturdido, me recompuse lo suficiente como para darme cuenta de que aún tenía el teléfono en la mano. Le envié un rápido mensaje de texto.

Me complace anunciarle que este viernes dejaremos de fregar los platos y pasar la aspiradora para pasar directamente a fregar los baños.

Su respuesta fue casi inmediata.

O podemos fregar los platos, pasar la aspiradora, Y los baños.

Tuve que sentarme antes de poder responder.

Tanta limpieza de casa.

No hubo respuesta y supuse que ya estaba conduciendo a casa, así que volví a llamar a mi madre. Sólo quería charlar, preguntarme si seguía disfrutando de mi nuevo trabajo, si estaba comiendo bien, cómo estaba Moni y pedirme que fuera pronto a cenar.

Intenté interesarme, pero sólo podía pensar en Julian, en su enorme polla y en su promesa de hacerme pasar muy bien el viernes.

Señor.

Él suponía que incluso llegaría al viernes. El corazón me latía de forma peculiar y la cabeza me daba vueltas sólo de pensarlo. Por no mencionar que mis testículos zumbaban a una constante de una máquina de Electroestimulación Transcutánea. Era muy probable que pudiera caer muerto de excitación antes del viernes.

—Vale, mamá, gracias por llamar —dije cuando hubo una pausa en su charla—. Debería irme. Hablaré contigo pronto.

—De acuerdo, cariño.

—Adiós.

Terminé la llamada y acerqué mi portátil, tratando de decidir qué tipo de porno quería cuando mi teléfono sonó de nuevo.

Gemí pero vi que era Julian quien llamaba.

—¿Hola? —contesté.

—Tengo curiosidad —empezó él sin hablar de más—. Cuando dijiste "tanta limpieza de casa", ¿mi sugerencia de lavar los platos, pasar la aspiradora *y* limpiar el baño fue demasiado? O es que...

—Vale, voy a detenerte ahí mismo. Uno, no existe tal cosa como demasiado. Y dos, he tenido que escuchar a mi madre hablar sin parar durante diez minutos y acabo de colgar el teléfono con ella ahora mismo, así que acabo de abrir GayHub y estoy intentando decidir si quiero ver *Twink Follado Duro por una Gran Polla o Papi Hace Gemir por Horas a su Niño.* ¿Así que eso responde suficientemente a tu pregunta?

Su cálida risa sonó en mi oído.

—Vale, sólo estaba comprobando. Quería estar en la misma página, eso es todo.

—La misma página, el mismo libro, la misma biblioteca en este momento. Voy a ver el vídeo *Twink Follado Duro por una Gran Polla.* Porque he visto lo que cargas, así que mejor que vea lo que me espera. La investigación es muy importante.

Volvió a reírse.

—Entonces te dejaré volver a ello. Voy a darme una ducha caliente y muy jabonosa. Te veré por la mañana.

—Eres un hombre cruel. Ahora estoy pensando que necesito ver porno de duchas. Uf. Tantas decisiones.

—Buenas noches, Malachi —dijo su voz baja y suave. Me produjo un escalofrío.

—Buenas noches, Julian.

Tiré mi teléfono en el sofá a mi lado, sonriendo para mí. Me decidí por el porno de twink-follado-duro y no me decepcionó. Necesité una ducha después, lo que, por supuesto, me hizo pensar en Julian en la ducha y en cómo, cuándo se había reajustado su polla dos veces, básicamente estaba moviendo la polla en la cadera.

Era grande.

Yyyyyyyy luego imaginando que era yo quién se dejaba follar por él, vi el video de *"Papi Hace que su Niño Gima"* y necesité lavarme de nuevo.

Antes de dormirme, volví a mirar el calendario. Faltaban tres días para el viernes.

CAPÍTULO DOCE

—TENEMOS una cita el viernes por la noche. El sexo está definitivamente sobre la mesa. Algún tipo de sexo, al menos. Tiene una polla monstruosa. Es tan grande que bien podría necesitar su propio código postal. Y antes de que puedas preguntar, querida Moni, hablamos sobre el trabajo y nuestras responsabilidades y todas esas aburridas cosas de adultos y decidimos que podría valer la pena la complicación. Reconoció su posición de poder, dado que es mi jefe, y hablamos de cómo eso podría afectarnos. Pero joder, Moni, besa como el puto diablo. Te digo que se me encogen los dedos de los pies. Él hace algo muy agradable con sus manos y todo su cuerpo cuando besa. No es sólo su boca. Es una experiencia de todo el cuerpo y algo que estoy deseando experimentar mucho más el viernes por la noche. Dios, ¿sabes cuántas veces tuve que masturbarme anoche después de que se fuera?

—Demasiada información, Malachi.

—Dijiste que te contara todo.

—Cierto. Lo hice.

—De todos modos, estoy a punto de ir al trabajo. Será mejor que cuelgue el teléfono.

—Me vas a llevar a almorzar el domingo. Luego podemos ir a la tienda de segunda mano.

—Trato.

—Y puedes contarme todo lo que pasó.

—Habrá un montón de "Demasiada Información".

—Es por lo que te quiero, Malachi.

—Oooh.

—¿Y Malachi?

—¿Sí?

—Me alegro por ti.

—¡Yo también me alegro por mí! —Casi hice un pequeño salto en el aparcamiento cerca de las puertas del trabajo. Estaba ridículamente feliz.

Toda esta etapa de romance, de conocer a alguien, de coquetear y divertirse era un paseo infernal.

Entré y me dirigí directamente a la sala de descanso. Sabía que Julian estaba en su oficina -su coche estaba en el aparcamiento- pero pasé de largo. Por regla general, nunca me detenía antes en su despacho, así que no iba a empezar ahora. A pesar de las ganas que tenía de verlo, de lo emocionado que estaba por verlo, me obligué a ir a la sala de descanso.

Vi a Cherry en su asiento habitual, con el pelo negro cubriéndole la cara y la cabeza gacha mientras leía algo en su teléfono. Paul y Theo estaban en su mesa, discutiendo algo político de lo que me mantenía al margen, y me senté junto a Cherry.

—Buenos días.

Levantó la vista, su lápiz de labios era de un color rosa oscuro en lugar de negro. Hacía juego con un cuadrado de tela escocesa rosa en su camisa negra, y era increíble.

—Buenos días —respondió ella, inexpresiva como siempre.

—Me encanta tu color de labial.

—Gracias. Me encanta tu camiseta.

Sonreí. Era una camiseta lavanda de los Care Bears. El trozo de púrpura que tenía en el pelo se estaba desvaneciendo, así que tuve que combinarlo. Mis Converse color lavanda hacían una combinación perfecta. Los vaqueros negros ajustados y la chaqueta negra desgastada daban a todo el conjunto la suficiente credibilidad como para no parecer un niño pequeño demasiado grande.

—¿Puedo pedirte un favor? —Le pregunté—. Sé que estás súper ocupada, pero creo que tu google-fu es el más fuerte de todas las tierras y yo aún no he aprendido las formas.

Puso los ojos en blanco y sonrió, lo que tomé como un sí. Saqué el papel doblado de mi bolsillo.

—Aquí están mis notas. Esta mañana me he levantado temprano para intentar buscar en Internet —dije—. Pero no llegué muy lejos.

Se las entregué y mientras ella lo leía, me preparé un café. Cuando terminé, ella asentía para sí misma.

—¿Qué te parece? —le pregunté.

—He trabajado con menos.

—Entonces, ¿me ayudarás?

—Lo intentaré.

—Dios mío, gracias. Tomaré algunos de tus casos hoy para liberarte algo de tiempo.

Eso me valió una sonrisa. Luego me miró con cautela.

—¿Sabe Julian que voy a ayudar?

—Le dije que te había hablado de él y de mí. Creo firmemente en la divulgación total. —Luego me encogí de hombros—. Y me falta la capacidad de guardar secretos o de dejar de hablar a veces.

—Vale, no estaba segura de si estaba ocultando esto. —Señaló con la cabeza el trozo de papel—. ¿Lo has visto hoy?

—No, ¿por qué?

Una ceja negra perfectamente esculpida se levantó ligeramente con una suave inclinación de su cabeza.

—Ha vuelto a ponerse oscuro. Me preguntaba si os habíais peleado o algo así.

—Oh, no, en absoluto. En realidad, si acaso es lo contrario...

—Bueno, sus pantalones son marrones y su camisa es de color crema de trigo, pero definitivamente es más ajustada que la que solía usar.

—Oh, eso suena como un director de escuela. Eso no debería ser caliente, ¿verdad? ¿Por qué suena tan Sexi?

Se rio.

—Y tampoco había corbata, y sus dos primeros botones estaban desabrochados.

Me tragué el café.

—Dios. Nunca llegaré al viernes.

Hubo un silencio ensordecedor.

—¿Qué pasa el viernes?

—Nada —dije demasiado rápido y probablemente unos decibelios demasiado altos y una octava demasiado alta.

Cherry me miró fijamente, con su mirada oscura y curiosa.

—Mm-hmm.

Y entonces, en el momento justo, entró Julian. Sus pantalones eran marrones, sí. Pero eran bien ajustados y abultaban en todos los lugares adecuados. Y su camisa... también entallada, con las mangas enrolladas una sola vez y los dos botones superiores desabrochados.

Jódeme.

Cherry acercó su pie al mío.

—Cierra la boca —susurró.

Me esforcé por dejar el café antes de derramarlo por toda la camisa de Share Bear y Julian sonrió al pasar junto a mí.

—Buenos días —dijo alegremente.

Incluso tuvo el atrevimiento de oler bien.

Un idiota.

Me incliné hacia Cherry.

—¿Empezamos con la lista? ¿En tu escritorio?

—Eh, claro —aceptó. Recogió el trozo de papel. Tomé nuestros cafés y nos dirigimos a la puerta.

—Oh, Julian —preguntó Paul. Theo estaba asintiendo a su lado, con una amplia sonrisa—. ¿Qué te parece el impulso del gobierno del estado para...?

Julian se giró para mirarme, encontrándome en la puerta con una expresión en la cara que se parecía mucho a "ayuda, no puedo hablar de política con estos dos", pero me limité a hacerle un guiño antes de emprender la huida. Puse los dos cafés sobre el escritorio de Cherry y acerqué mi silla a la suya.

Ella se rio.

—¿Quieres decirme de qué iba eso y por qué estás sonriendo como Willy Wonka ahora mismo?

—Oh, por nada.

—¿Supongo que las cosas entre tú y Julian van bien?

—Es sorprendentemente divertido —dije tratando de hacerme el interesante—. Y es inteligente, y es considerado, y...

—Y te gusta.

Mi mirada se dirigió a la suya.

—Me gusta. Es una locura, y es un infierno, pero sí, me

gusta. —Me incliné y susurré detrás de mi mano—. Y cuando digo que el hombre puede besar, me refiero a besar. Como el tipo de beso que te saca de tu cuerpo.

Cherry se rio.

—Bueno, parece más feliz. Es bueno verlo sonreír.

No pude evitar sentirme feliz por eso, y un poco orgulloso si estaba siendo honesto.

—De todos modos —dije palmeando el pedazo de papel con mis notas en él—. Anoté todo lo que pude encontrar y a lo que reduje mi búsqueda, pero no tuve mucha suerte.

Lo había reducido a doce posibles pueblos en todo el estado, desde ningún cine, un edificio de oficinas del ayuntamiento y la mención de compañeros que iban a trabajar a las minas. El nombre de la carretera para salir del pueblo era más popular de lo que creía posible. Casi todos los pueblos tenían una Carretera Acacia, pero incluso con todo esto, había llegado a un callejón sin salida.

—La verdad es que lo has afinado bastante bien —dijo—. Pero creo que voy a empezar con el dueño de la ferretería porque tenemos un nombre.

—Busqué durante medio segundo en los registros de negocios con ese apellido a finales de los sesenta y principios de los setenta, pero no encontré nada.

Murmuró algo sobre empresas y propietarios, pero ya estaba tecleando sobre su teclado; entonces pasó Denise de camino a la sala de descanso.

—Ya están las jaulas —dijo con su habitual sonrisa.

Me puse rápidamente en pie.

—Empezaré con la tuya —le dije a Cherry antes de apresurarme a empezar con la primera jaula. Era justo que la ayudara con su cuota cuando ella hacía el trabajo por mí.

Estaba casi a la mitad del primer carro jaula cuando vi a Paul.

—¿Todo bien? —me preguntó—. Tienes un motor debajo de ti hoy.

—Oh, sí, estoy bien —respondí tratando de no dejarme llevar por la conversación que llevaría a las preguntas.

—Entonces, ¿en qué estáis trabajando Cherry y tú?

Preguntas exactamente como esa.

—Oh, no es nada —dije dejando caer mi muñeca como el más marica que jamás se haya quebrado.

—Hm. —La boca de Paul era una fina línea, que hacía juego con el pliegue poco impresionado de su frente—. ¿Alguien te ha dicho alguna vez que no puedes mentir?

—Todo el tiempo en realidad.

—Así que los dos estáis trabajando en algo...

—Es una misión de superespías. Pero está aprobada. No es que no estemos trabajando, porque está relacionado con el trabajo. Sólo le pedí a Cherry que me ayudara porque es buena para las cosas crípticas.

Me miró de esa manera espeluznante de asesino en serie.

—Bueno, si necesitas ayuda...

—Me aseguraré de pedirla —añadí alegremente, porque estaba seguro de que esta pequeña charla había llegado a su fin natural—. Será mejor que vuelva al trabajo. —Empujé el carro, sonreí a Paul por encima del hombro y salí de allí a toda prisa.

Hice mi primera jaula, que en realidad era la de Cherry, y empecé con la mía, apenas unos cuantos paquetes cuando Theo me encontró en el fondo del pasillo L-M.

—Ah, Julian te estaba buscando —me dijo muy despreocupado.

—¿En serio?

—Sí.

—¿Hace cuánto tiempo?

Se encogió de hombros y me dedicó una sonrisa tonta.

—Unos cinco minutos.

—Será mejor que vaya a ver de qué se trata.

Llevé mi carro hasta la pared lateral y me dirigí a la parte delantera del almacén. Cherry tenía la cabeza metida en un enorme directorio, con los dedos recorriendo la página. Parecía absorta y no me atreví a interrumpirla, así que la esquivé y golpeé ligeramente la puerta del despacho de Julian.

—¿Querías verme?

Levantó la vista y sonrió al ver que era yo.

—Pasa.

Entré y cerré la puerta tras de mí, tomando rápidamente el asiento frente a él.

—¿Todo bien?

—Sí, por supuesto. ¿Por qué no iba a estarlo?

—Le di mis notas sobre las cartas de Milton James a Cherry. Lo desglosé todo y traté de buscar en Google esta mañana a las seis porque no podía dormir, pero llegué a un callejón sin salida. Reduje los municipios que creo que eran posibles. De todos modos, sé que dijimos que lo mantendríamos en secreto, pero ella es mejor que yo en las cosas de Scooby-Doo. En realidad, ella es más como Vilma. Yo soy Scooby-Doo. Increíblemente guapo, pero no demasiado útil.

La sonrisa de Julian se amplió.

—Cherry sería una gran Vilma.

—¿No estás enfadado?

—En absoluto.

Me hundí de alivio.

—Uf. Por cierto, me encanta esa camisa. Y los botones desabrochados en la parte superior. Señor, casi me caigo de la silla esta mañana.

—Me he dado cuenta.

—Lo hiciste a propósito, ¿no? Decidiste deliberadamente no usar la corbata, luego desabrochaste un botón y pensaste: "Oooh, eso es un poco sexi". ¿Y sabes qué sería aún más sexi y qué haría que Malachi tuviera reacciones corporales viscerales cuando me viera? Voy a desabrochar un segundo botón. Eso debería bastar. —Negué con la cabeza en señal de disgusto—. Por cierto, Cherry me dijo que dejara de babear.

Se rio, pero sus dedos se dirigieron a su cuello expuesto y bajaron hasta la clavícula, distrayéndome hasta que habló.

—Eso es exactamente lo que pensé esta mañana.

—Y los pantalones —dije con un suspiro—. Déjame decirte que te quedan muy bien. Ahora tendré que buscar porno de trajes cuando llegue a casa. Así que gracias por eso.

Julian me sonrió durante un largo momento.

—Así que yo... tengo una reunión con tu padre esta tarde.

Lo miré fijamente, con la sangre escurriéndose por toda mi cabeza. Creo que chillé.

Se rio.

—Es una reunión mensual de jefes de departamento. Nada de lo que asustarse.

—Por Dios, Julian, podrías haberte adelantado con eso. —Tiré del cuello de mi camisa—. ¿Hace calor aquí? ¿Las paredes palpitan o sólo soy yo? Creo que la sangre volvió a mi cerebro demasiado rápido. —Intenté recuperar el aliento—. Avisa la próxima vez.

Todavía estaba divertido, aparentemente.

—Pero tengo que estar en la ciudad a las cinco y suelen ir hasta tarde. Así que no podré llevarte a casa hoy. Sólo quería que lo supieras.

—Está bien. No espero que lo hagas.

—Lo sé. Es que... me gusta hacerlo por ti. —Se movió en su asiento—. Me gusta...

La forma en que bajó la voz cuando dijo eso hizo que se me retorcieran las entrañas.

—¿Te gusta qué?

Su mirada se encontró con la mía.

—Me gusta... asegurarme de que llegues bien a casa.

Eso no era en absoluto lo que quería decir.

—Tengo la sensación de que no estás siendo absolutamente sincero.

Se rio.

—Llevarte a casa me da una excusa para verte.

—No necesitas ninguna excusa para verme. Sólo tienes que decir que quieres verme.

—Quiero verte. Aunque serían tres noches esta semana y tenemos planes para el viernes por la noche, que serán cuatro, y estoy tratando de decidir si es demasiado pronto.

—¿A las ocho en mi casa te parece bien? Porque esta noche dan el *Great British Bake Off* en la tele, y si quieres traer algo de comida a mi casa y nos ponemos cómodos en el sofá, no tendré absolutamente ninguna objeción.

Julian sonrió de forma cálida y encantadora.

—Puedo hacerlo.

—Y aunque me gustaría recalcar que no hay ninguna presión sobre ti para cualquier tarea de limpieza de la casa, sólo me gustaría que supieras que estoy muy abierto a cualquier posibilidad. Ya sabes, como un pequeño precursor de lo que planeas hacerme este viernes por la noche.

Sus fosas nasales se ampliaron, luego negó con la cabeza con una risa.

—Estoy muy abierto a cualquier posible sugerencia. —Se aclaró la garganta—. Aunque probablemente no deberíamos hablar de eso aquí.

—No, probablemente no deberíamos. —Me puse de pie
—. Tengo mucho trabajo que hacer hoy, así que será mejor
que me ponga a ello. —Caminé hacia la puerta y me detuve
—. Estoy pensando que las albóndigas japonesas para la
cena suenan muy bien, y también cuando estés en la
reunión con mi padre esta tarde y te pregunte cómo me va,
que probablemente lo hará, míralo directamente a los ojos e
intenta no pensar en lo que quieres hacerme esta noche.

Los ojos de Julian se clavaron en mí.

—Ahora estás siendo cruel.

—Puedes darme las gracias después. Y cuando digo
gracias, me refiero a castigar. —Me miró con desprecio y yo
le sonreí con descaro antes de salir. Sólo di dos pasos antes
de que Cherry me viera.

—Oh, creo que he encontrado algo.

—¿Lo hiciste? —Me acerqué a ella a toda velocidad—.
Cuenta, cuenta, cuenta.

—Bien, así que el señor Killian —dijo dirigiéndose a los
tres enormes directorios abiertos en su escritorio. Su ordenador tenía dos pantallas minimizadas una al lado de la otra.
Dios, debería trabajar para la Policía Federal—. Encontré
una Compañía Gestora Frankston que registró, entre otras,
una ferretería en 1953. El director subsidiario de la Gestora
Frankston era un tal Sr. George Killian.

—Sr. Killian.

Ella asintió.

—Los directorios empresariales de entonces no eran tan
completos como ahora, pero sí. El hijo de George Killian,
Peter Killian, fue el arrendatario de la Ferretería Northbury
desde 1966 hasta 1985.

—Northbury. ¿Dónde está eso?

Cherry abrió una pestaña en su ordenador para mostrar
un mapa de Google.

—Northbury. Un pueblo de diez mil habitantes, a treinta kilómetros al oeste de Milldale, a unas cinco horas al noroeste de Sidney.

—Oh, Dios mío.

—Northbury a principios de los años setenta tenía una población de aproximadamente seis mil habitantes. Contaba con una escuela primaria, un instituto, una ferretería, una tienda de comestibles, una piscina comunitaria y, a día de hoy, sigue sin tener un cine. Las oficinas del consejo local se fusionaron con Milldale en los años noventa, por lo que solía haber edificios del consejo, pero ya no. Distritos mineros al oeste y al norte. Northbury se fundó junto al río Hindton, y hay una carretera al sur del pueblo que lleva el nombre de una familia que se asentó allí con el nombre de Acacia.

—Carretera Acacia. —No podía creerlo—. Mierda. Lo has encontrado. Has encontrado el pueblo.

Cherry me miró desde su asiento.

—Sí.

—¿Has considerado trabajar para la seguridad nacional? ¿O en uno de esos programas de "pescar mentiras"? Porque honestamente, deberías.

Sonrió, un poco orgullosa.

—Pero entonces no estaría aquí para ayudarte.

—Eso es muy cierto. Cherry eres absolutamente una campeona.

Cerró el primer libro del directorio con un golpe. Era una enorme carpeta negra con páginas de papel súper endeble con escritura diminuta. Luego apiló el segundo, habiendo hecho claramente todo lo que podía hacer.

—Ahora puedes buscar los registros del instituto de los años en los que asistió este Raymond y, con suerte, sólo hubo un Raymond. Eso te facilitará mucho el trabajo. Los grupos de institutos de Facebook son muy poco cuidadosos con la información que publican. O prueba con el periódico local. Ahora tienen la mayoría de los registros digitalizados, pero algunos todavía están en microfichas.

—¿En qué? ¿Qué es una microficha?

—La microficha es el Google de la vieja escuela —dijo Paul detrás de mí—. Si necesitas ayuda para usarlo para cualquier cosa, soy tu hombre. Puedo encontrar cualquier cosa. Sólo necesito un poco de información.

Maldita sea.

—Ah, gracias —dije. Su oferta era generosa y probablemente no debería excluirlo tan deliberadamente, pero cuanta menos gente supiera de esto, mejor—. Te lo haré saber.

—¿Esto es de la misión de superespías? —preguntó.

—Sí, lo es.

—¿De qué misión de superespías estamos hablando? —preguntó Theo, apareciendo de repente de la nada.

Nada era secreto en este lugar.

Pero Theo era siempre tan brillante y burbujeante, no era como si se pudiera enfadar con él.

—Oh, nada. Cherry sólo me estaba ayudando con un caso. Es muy buena encontrando pistas al azar.

—Seguro que lo es —respondió—. De todos modos, es la hora del té de la mañana. —Y al mencionar eso, Theo y Paul desaparecieron en la sala de descanso.

—Lo siento —le dije a Cherry—. No quise involucrarte en algo en lo que pudieras tener que mentirles. Toma, déjame llevar esto por ti. —Recogí los directorios, que pesaban una maldita tonelada. *¿Cómo los había cargado desde...?*—. ¿Dónde los llevo?

—Por aquí —dijo cogiendo la carpeta superior. En los almacenes del fondo, cerca del muelle de carga trasero y de donde recogíamos los carros jaula, había armarios a prueba de incendios que contenían todo tipo de libros y directorios. Una de las carpetas que había estado mirando era un directorio de registro de empresas que parecía más antiguo que el arca de Noé.

—¿Cómo sabes siquiera por dónde empezar? —le pregunté.

Se encogió de hombros.

—Puede que te suene raro, pero me encanta la recopilación de datos. Me encantan los registros históricos y los censos, ese tipo de cosas. —Cerró los armarios y me dedicó una sonrisa incómoda—. Es casi antropológico, en cierto modo. Registros de humanos, nombres y fechas.

—Como en ese programa en el que investigan la herencia de los famosos y encuentran registros de algún pariente lejano en Irlanda o Marruecos que se remonta a trescientos años atrás.

Eso me valió una sonrisa.

—Sí, supongo. Me resulta fascinante que un nombre en los registros del censo sea de alguien que vivió, trabajó, se casó o no lo hizo. Y las anotaciones de muerte, por supuesto. Murió de difteria a los treinta y cuatro años.

La mención de los detalles de la muerte podría haber sido extraña, pero estaba hablando con una chica gótica.

—Siempre me he preguntado por la gente que vivía en la antigüedad —admití mientras empezábamos a caminar de vuelta hacia la sala de descanso—. Qué tipo de zapatos llevaban, cómo hacían la ropa de algodón a mano. Como lo inteligentes que debían ser para saber hacer eso antes que nadie. Sin ninguna maquinaria. Y las teñían usando los polvos más oscuros y esas cosas. Yo no habría durado ni un día.

Así que sí, me di cuenta, mientras ella pensaba en ciencias antropológicas humanas, yo pensaba en moda.

Nadie debería sorprenderse por esto. Cherry ciertamente no lo estaba.

—Es fascinante —dijo—. Y una vez que aprendes cómo se registraron y guardaron estos datos, es fácil encontrarlos.

—Bueno, te mereces una estrella de oro por tu ayuda hoy.

—No ha sido ningún problema. Fue divertido. Y ya has trabajado en una jaula entera por mí. Deberíamos intercambiar más a menudo.

Me reí.

—Trato.

Tomamos un café rápido, pero necesitaba volver a la planta. Tenía mis propias jaulas en que trabajar y ni siquiera me detuve mucho tiempo para almorzar. Sólo un bocado rápido y de nuevo a ello, clasificando cartas y paquetes, cajas de todo tipo, sobres acolchados, tarjetas, facturas, regalos. El correo entrante parecía no acabar nunca. Pero a las cinco ya había acabado. Había sido muy productivo, había hecho muchas cosas y, después de despedirme de la pandilla mientras nos íbamos, corrí hacia la parada del autobús.

Ni siquiera el olor desagradable del autobús pudo aguar mi ánimo. Calculé que para cuando llegara a casa y me duchara, lavando la suciedad del almacén. Tendría unas dos horas antes de que Julian apareciera sobre las ocho.

Eso me daría dos horas para ver qué podía divulgar Internet sobre un hombre llamado Raymond que vivió en Northbury en 1972.

CAPÍTULO TRECE

NADA.

Eso es lo que había encontrado sobre Raymond, que vivió en Northbury en 1972. Necesitaba un apellido, y no podía conseguirlo sin acceder a los registros escolares. Y eso incluso si iba al instituto en Northbury y no en el pueblo más grande, a media hora de distancia.

Busqué en Facebook, como sugirió Cherry. Encontré mucha información sobre Northbury y el instituto, pero sólo publicaciones recientes. Busqué en sitios históricos de esa región del estado. Intenté hacer una búsqueda general de Raymond Northbury y, como era de esperar, no encontré nada.

Su tía Kath había trabajado en las oficinas del ayuntamiento, así que busqué en las oficinas de la comarca de Northbury y encontré fotos en línea de los edificios, pero la mayoría de los artículos de noticias giraban en torno a la fusión. No tenía ni idea de si la tía de Raymond estaba casada, así que incluso si pudiera encontrar los nombres de alguna mujer que trabajara allí en 1972, cosa que no pude, no sabría de qué lado de su familia era o si su apellido había cambiado cuando o si se casó.

Otro callejón sin salida.

Así que decidí cambiar de marcha. No pude encontrar nada sobre Raymond así que decidí centrarme en su hombre misterioso.

Escribí *Comarca Northbury, Guerra de Vietnam*. Seguramente, si algunos de los chicos de la región fueron a la guerra, habría algo en el periódico local. Al parecer, el periódico Milldale Star llevaba imprimiéndose con orgullo desde 1921. O eso decía la página web.

Había artículos, sí. En su mayoría información de archivo histórico, pero... muy poco. La mayoría se limitaba a informar de las noticias, y cualquier mención a la guerra solía ser un pequeño párrafo en la página cuatro o cinco.

Por el amor de Dios.

Entonces sonó mi teléfono y el nombre de Julian apareció en la pantalla. Había perdido la noción del tiempo y contesté rápidamente.

—Hola.

—Hola, tengo una entrega de albóndigas japonesas para un tal señor Malachi Keogh.

Me reí y le dejé pasar.

—Mmm, la cena y la merienda.

Se rio, y al ver mi portátil y mis notas por todo el sofá, puso la comida para llevar en mi pequeña mesa de comedor.

—Veo que has estado ocupado.

—Sí. Y tengo mucho que contar.

Sus ojos se abrieron de par en par.

—¿Lo encontraste?

—No. No lo hice. Cherry encontró el pueblo usando la información del registro de negocios del dueño de la ferretería.

—Pero no estaba a su nombre. Lo he comprobado.

—No, era una compañía gestora que poseía un montón de negocios, pero había un director, un hijo y un primo tres veces eliminado y un macho cabrío vigilando un puente... Debería trabajar para Seguridad Nacional. Ni siquiera estoy bromeando.

Julian me sonrió, luego deslizó su palma a lo largo de mi mandíbula y presionó sus labios contra los míos. Fue cálido y dulce y me hizo sentir tan ligero como una pluma.

—He querido hacer eso todo el día.

—Mmm —tarareé soñadoramente—. Me gustaría que me hicieras eso todo el día.

—¿Cenamos primero? Lo siento, me muero de hambre.

Me reí y cogí dos platos.

—Sí, por supuesto, y puedo contarte qué más he encontrado. O lo que no encontré. —Entonces miré la hora—. Mierda, el Great British Bake Off empieza en diez minutos.

Le conté todo lo que había encontrado y lo que no había encontrado mientras comíamos, luego puse el portátil y los papeles sobre la mesa de café y apoyé un cojín en un extremo, dándole una palmadita para que Julian se sentara a lo largo del sofá. Y así lo hizo. Luego procedí a plantarme entre sus piernas, con la cabeza sobre su pecho.

Me rodeó el pecho con su brazo.

—¿Estás bien ahora? ¿Cómodo?

—Sí.

Se rio y me besó el costado de la cabeza. Se sentía tan bien, tan cálido y reconfortante. Me sentí seguro y... Sentí su polla presionando contra mi espalda baja. Y entonces, por supuesto, mi polla respondió a la llamada y de repente no estaba demasiado interesado en ver la televisión.

Me moví un poco hacia atrás y tomé su mano que estaba en mi pecho. Sus fuertes dedos se entrelazaron con los míos, y se movió para ponerse más cómodo o para conseguir más fricción. No estaba seguro de qué.

Entonces, en el peor momento de la historia, recordé...

—¿Cómo fue tu reunión con mi padre?

—Estuvo bien —murmuró contra mi oído. Su voz profunda me atravesó—. Sólo hablé con él unos diez segundos. Me preguntó cómo te estabas adaptando. Le dije que eras el hombre más atractivo que había visto en mucho tiempo.

Me reí.

—No lo hiciste.

Su mano presionó mi pecho, su otra mano agarró mi cadera, sosteniéndome contra él. Su polla estaba dura ahora. Podría haber gemido como una estrella del porno de serie B. Los labios de Julian estaban en mi oreja, y su mano pasó de sujetar mi cadera a acariciar mi polla.

—Le dije que tenía problemas para controlarme contigo.

—Oh, joder.

—Le dije que quería aguantar, para tratarte bien, pero cada vez que te veo, mi cuerpo reacciona. —Me besó por el cuello y frotó mi erección a través de mis vaqueros—. Malachi, nunca he deseado a alguien como te deseo a ti.

Sus palabras, su aliento en mi oreja, sus manos hicieron arder mis entrañas. Me giré en sus brazos y reclamé su boca con la mía. Me apretó contra él, sus manos se deslizaron hasta mi culo y me apretó contra su enorme polla.

El placer me envolvió la espina dorsal, encendiendo un fuego en mi interior. Frotándome contra él, sintiendo su excitación, su lengua en mi boca, sus fuertes manos, su cuerpo debajo de mí.

¿Podría correrme así?

Creo que podría correrme así.

Sólo un poco más...

—Malachi —suspiró.

—Más —gemí. Sonaba desesperado, frenético. Estaba desesperado y frenético.

Dios, esto es tan caliente pero no es suficiente.

Necesitaba más.

Me presioné con más fuerza, lo besé más profundamente, imaginando su enorme polla deslizándose dentro de mí justo cuando me agarraba las caderas y empujaba, estremeciéndose y gimiendo. Su cabeza se echó hacia atrás, gruñendo desde algún punto bajo de su pecho y se corrió.

Su cara era de puro éxtasis; sus ojos se cerraron, su cuello se tensó y se convulsionó con un gemido. Pero me abrazó con más fuerza mientras aguantaba su orgasmo, sacudiéndose contra mí, y la sensación de su polla palpitando entre nosotros fue suficiente para llevarme al límite.

Me sostuvo la cara y me miró a los ojos mientras me corría, observando con asombro y fuego en sus ojos.

—Oh, Malachi —suspiró—. Es tan hermoso.

Cuando mi mente volvió a mi cuerpo, mis huesos eran de gelatina y lo único que podía hacer era reírme, me derrumbé encima de él, enterrando mi cara contra su cuello, respirando su aroma y el olor de nuestro sexo. Estábamos hechos un lío pegajoso, pero no me importaba.

—Nos perdimos el desafío técnico —dijo—. En el *Great British Bake Off*.

Me eché a reír.

—Creo que hicimos el nuestro. Diez de diez. Sigo viendo estrellas.

La mano de Julian encontró mi cabello.

—Hicimos un poco de lío.

Me levanté de mala gana y me despegué de él.

—Eso significa que podemos ducharnos juntos.

Levantó una ceja.

—¿Es así?

Le cogí la mano y tiré de él para que se pusiera en pie.

—Sí. Y mi ducha es pequeña, así que tendremos que estar muy cerca.

Sin dejar de agarrarle la mano, lo guie hasta el baño, y luego me quité la camiseta y me bajé los vaqueros. Nunca me había dado vergüenza estar desnudo. Era un chico pálido y delgado con una polla de tamaño promedio, y me negaba a sentir vergüenza por cualquier parte de mí.

Julian, en cambio, se desabrochó la camisa y la dejó caer de los hombros. No era tan pálido como yo, pero no estaba en absoluto bronceado. Tenía una pizca de vello en el pecho por el que tuve que pasar los dedos. No recuerdo haber visto nunca vello corporal en un chico con el que hubiera estado. La mayoría de ellos se afeitaban o se depilaban. Pero esto...

—Esto es caliente —murmuré. Luego le pellizqué el pezón, sólo porque podía hacerlo.

Se desabrochó los pantalones, bajó la cremallera y se bajó los calzoncillos por encima de los muslos.

Y estoy aquí para deciros... El hombre estaba bien dotado.

¿Conocéis esas películas porno en que el flacucho empollón tiene la polla hasta las rodillas? Bueno, existen en la vida real.

—Jesucristo —suspiré mirándolo fijamente. A él—. Es la polla más grande y hermosa que he visto nunca.

Las mejillas de Julian se encendieron de color rosa.

—Es... ha sido un problema para algunos hombres.

Me llevé la mano al pecho.

—Créeme cuando digo que no soy alguno de esos hombres. Y mi madre nunca crio a nadie que se rinda.

Julian se rio y se dio una caricia lenta.

—Puedo facilitarte la tarea si crees que te gustaría probar.

—¿Ahora? —pregunté—. Puedo estar en mi cama boca abajo, con el culo al aire en dos segundos.

Se echó a reír.

—Pensé que esperábamos al viernes para la limpieza completa de los baños.

—Bueno, supongo que si quieres...

—¿No íbamos a probar algunas otras cosas primero?

—¿Como lo que acabamos de hacer?

—Mañana por la noche podrías venir a mi casa. Te haré la cena —dijo rozando sus labios con los míos—. Me encantaría probar más de ti.

Mis rodillas volvieron a hacer esa sensación gelatinosa tambaleante. Solté una carcajada.

—Te diré que normalmente me comporto con un mínimo de decencia, pero si me hablas así, y me tocas, me convierto en Insta-ho.

Se rio antes de besarme con labios sonrientes.

—¿Ese es tu superpoder?

—Más bien mi kriptonita.

Su polla, en reposo y colgando pesadamente, se movió entre nosotros y me besó por el cuello.

—Tú eres mi kriptonita.

—Maldita sea —respiré, dándole más de mi garganta.

Él gimió y se apartó.

—Quizá deberíamos hacer de esto una ducha fría.

¿Ducha?

Miré a mí alrededor como si viera que estábamos en mi baño por primera vez.

—Oh, claro. —Me reí y abrí el agua. Julian me siguió dentro y me besó bajo el chorro de agua. Me besó mientras nos lavábamos, y me besó cuando nos secamos.

Y se quedó allí, en mi pequeño cuarto de baño, sin más ropa que una toalla alrededor de la cintura, con el pelo mojado y una sonrisa tonta. Y con la polla semidura, que era muy impresionante dada su longitud y su grosor.

Pero nunca me presionó para que le diera más, lo que me impresionó y decepcionó a la vez.

Sus pantalones se salvaron en su mayor parte del semen, aunque su ropa interior y su camisa fueron a parar a la lavadora. Mis vaqueros, mis calzoncillos y mi camisa estaban manchados, así que me puse unos pantalones viejos de deporte y una camiseta, y le entregué a Julian un jersey de punto ligero.

Era de color rosa fucsia con un estampado de rombos de color rosa intenso.

—Oh, guau —dijo sosteniéndolo—. Es... una elección audaz.

Resoplé.

—Y te quedará muy bien.

—Y ajustado.

—Exactamente. Por eso lo elegí.

Julian se rio pero se lo pasó por la cabeza. Asentí porque tenía mucha razón.

—Ajustado y caliente.

Se arriesgó a echar un vistazo al espejo y volvió a mirar.

—La verdad es que no está mal.

Me llevé la mano al pecho y le hice una imitación oscarizada de Marilyn Monroe.

—Puedes dudar de mi sinceridad y dudar de mi buen nombre, pero cariño, no dudes nunca de mi sentido de la moda.

Julian se rio y volvió a ponerse las gafas.

—Bueno, creo que nos hemos perdido el programa de la repostería.

—Me parece bien.

—A mí también.

—Así que, mañana por la noche. ¿Lo decías en serio? Lo de cocinarme la cena y chuparme la polla, ¿o era sólo una charla en el momento?

Los ojos de Julian se abrieron tanto como su sonrisa.

—No recuerdo haber dicho lo de chuparte la polla.

—Dijiste que querías probar más de mí. Sólo asumí...

Me acunó la cara con las dos manos y me besó de nuevo.

—Eso es exactamente lo que quería decir. Y sí, la cena también, si quieres.

—Oh, quiero.

Cerró los ojos, su frente contra la mía.

—Dios, dime que me vaya. No quiero irme, pero si no me voy ahora, te llevaré a la cama.

—Bueno, ese no es un buen argumento para que te diga que te vayas.

Soltó una carcajada.

—Malachi estoy tratando de llevar el ritmo de esto. Quiero hacerlo todo, contigo, pero no quiero ir demasiado rápido por si nos quemamos. No me he sentido así en mucho tiempo. Intento ir despacio y hacer lo correcto.

Lo besé, suave y dulce.

—Yo también quiero hacerlo todo contigo —susurré. Sus ojos eran galaxias marrones y doradas—. Así que la cena de mañana por la noche suena encantadora. Y podemos tener todas las conversaciones habituales de las citas, como las películas y los libros favoritos. Y podemos hablar de familias, amigos y de historias embarazosas de la infancia, de nuestras primeras veces y de todas las cosas que quieras saber de mí. —Le besé los labios—. Y luego puedes hacer todas las catas de mi polla que quieras.

Julian tarareó.

—Y tú puedes probar la mía.

—Claro, me desencajaré la mandíbula como una serpiente para que me quepa.

Se burló de eso.

—Vale, entonces no soy tan grande.

—No temas buen hombre —proclamé con valentía—. Me pasé los últimos años de mi adolescencia devorando chupa chups gigantes todo el día para prepararme para este momento. Es mi hora de brillar.

Se rio, con toda su cara de felicidad.

—Debería irme. Gracias por esta noche.

—El placer es mío. Literalmente. Y gracias por la cena.

—De nada. Ah, mi camisa...

—La llevaré conmigo a tu casa mañana por la noche. Mándame un mensaje con tu dirección y reservaré un Uber. ¿A qué hora debo llegar?

—Te recogeré sobre las seis y media —respondió. Luego me cogió la barbilla entre el pulgar y el índice y me besó—. Como en una cita de verdad. Te recogeré, te daré de comer, te cuidaré y te dejaré en casa cuando quieras. Quiero tratarte bien, Malachi.

—Suena bien. —Sonaba mejor que bien. Sonaba genial.

Con un suave y prolongado beso, se fue. Limpié un poco, dejé que un descontento Buster Jones entrara por el balcón para su despilfarro nocturno de comida gratis, y me fui a la cama sintiéndome flotante.

Estaba feliz.

En ese zumbido de nuevo romance, la emoción y la excitación de cada mirada, de cada toque. Era diferente a todos los hombres con los que había estado. Era genuino, encantador y amable. Tenía un aire de papi, lo que me convenía. Al fin y al cabo, yo era un chico twink de veintisiete años que probablemente necesitaba que lo cuidaran más de lo que quería admitir.

Quería que él me cuidara.

Sus brazos fuertes, su tacto suave. Que cenara conmigo, que viera la televisión conmigo, que se riera y hablara conmigo, y que me susurrara al oído todas las cosas sucias que quería hacerme. Dios, yo quería eso. Quería que usara mi cuerpo como un juguete sexual. Él era lo que yo quería.

Sí, era feliz.

Me dije que era demasiado pronto para el amor.

No podía llamarlo amor.

Era lujuria y enamoramiento, excitación y mariposas.

Era demasiado pronto para el amor.

¿No lo era?

¿NO LO ERA?

CAPÍTULO CATORCE

—BUENOS DÍAS —dije alegremente al entrar en la sala de descanso. Paul y Theo estaban en su mesa habitual, Paul con su periódico y Theo hablando con él a pesar de todo. Denise estaba en la cocina preparándose una taza de té, y Cherry estaba sentada en su mesa leyendo algo en su teléfono.

Todos respondieron buenos días en alguna variación. Me preparé rápidamente el café y me reuní con Denise y Cherry.

—Así que —comencé—, si tuviera que intentar encontrar los registros de clase de un instituto de los años sesenta o setenta, ¿cómo lo haría? Los grupos de las redes sociales de ese instituto no son públicos, y no encontré nada en ninguna de las tres docenas de sitios web que tienen fotos del instituto de los viejos tiempos.

—¿Los viejos tiempos? —preguntó Paul—. Probablemente habría que ponerse en contacto con la Sociedad Histórica Nacional para encontrar alguna foto de la década de 1870.

Me di la vuelta para mirar hacia su mesa. Él y Theo me

miraban fijamente. No tenía la intención de que esto fuera una conversación de todo un escuadrón, pero ya era demasiado tarde.

—Me refería a los años 1960 y 1970 —expliqué.

Paul parpadeó.

—¿Los setenta son los viejos tiempos?

Oh, mierda.

—Yo conducía un Ford Charger en los setenta, no un coche de caballos hijo.

—No quería decir... —Me encogí de hombros—. Bueno, en realidad, me refería a los viejos tiempos porque...

Paul levantó una ceja de asesino en serie.

—¿Sabes qué? —Rápidamente cambié de táctica—. Estoy bien. Lo encontraré, estoy seguro.

—Podrías intentar llamar al colegio. Ellos guardan los anuarios para siempre —sugirió Theo—. O la biblioteca local podría tener copias. Si fuera yo, llamaría a la biblioteca más cercana y explicaría lo que buscas. A los bibliotecarios les encantan las misiones de recuperación de información. Es como añadir una misión secundaria de Zelda a su día. En serio, llámalos.

Sonreí ante el comentario de Zelda.

—Es una buena idea, gracias.

—¿Esto es para tu misión de superespías? —preguntó Paul. Parecía haber superado la referencia de los viejos tiempos.

—Ah, sí.

—Me encantan las misiones de superespías —dijo Denise emocionada—. ¿De qué se trata?

—Bueno, no puedo decírtelo —respondí—. Entonces no sería una misión superespías.

—Está investigando las cartas de Milton James para mí

—respondió Julian desde la puerta. Su voz profunda me excitó y me tranquilizó a la vez.

Me giré para verle sonreír. Volvía a vestir de marrón, aunque esta vez llevaba un chaleco de punto de color ámbar oscuro, sin corbata, con las mangas de la camisa enrolladas una sola vez.

Podría haber sido un competidor para el traje de profesor de escuela más sexi, si hubiera premios para esas cosas. Que deberían existir, porque él ganaría. ¿Era un profesor? No. ¿Parecía uno? Sí. ¿Quería un castigo vespertino con él? Claro que sí. Incluso diría que tal vez podría volver a traer la vara sólo para que me pegara...

No me había dado cuenta de que todo el mundo me estaba mirando, porque yo seguía mirando a Julian.

¿Acaba de decirles en qué estaba trabajando?

Entró y me sonrió al pasar para prepararse un café.

—He decidido que deberíamos intentar encontrar al remitente o al destinatario de las cartas de Milton James, y le he pedido a Malachi que lo haga.

Los ojos de todos volvieron a pasar de Julian a mí, pero Julian siguió explicando.

—Le pedí que no se lo dijera a nadie, así que no le culpéis. Simplemente pensé que, dada la naturaleza sensible de las cartas, lo mejor sería la privacidad. No era nada contra nadie de aquí. Sólo quería respetar su... secreto.

—¿Son gais? —preguntó Paul—. Porque sabes que no nos importa nada de eso.

Las mejillas de Julian se tiñeron de rosa y me miró antes de centrarse en Paul.

—Ya lo sé, gracias. —Se aclaró la garganta—. Es que... Simplemente supuse que Malachi y yo seríamos los más adecuados para evaluarlas.

Levanté el puño.

—Vengadores Gay unidos.

Denise se aclaró la garganta.

—Eh, perdón. ¿Qué soy yo? Soy totalmente una Vengadora gay. Puede que me parezca más a Thor, pero ¿puedo ser Viuda Negra? Está buenísima.

Cherry habló.

—Soy una Vengadora gay honoraria, teniendo en cuenta que ya he ayudado. Seré Bruja Escarlata para este ejercicio.

—Ooh —dijo Theo poniéndose de pie—. Yo seré Magneto.

—Él es X-Men —dije.

—Está bien —dijo Julian suavemente—. Magneto está bien.

Esto se estaba volviendo bizarro, pero todos miramos a Paul, esperando que eligiera un Vengador. Puso los ojos en blanco.

—Yo seré...

Si dice Thanos...

—Thanos.

Lo sabía, joder.

—Por supuesto —respondí—. Buena elección.

No fue una buena elección. Era la peor elección.

—Así que ahora todos somos Vengadores gay honorarios —dijo Theo—. ¿Podemos ayudar?

—¿Qué pasa con Glenda? —dijo Denise. Todos se volvieron para mirar el altar de la mujer muerta, ex empleada, en la pared—. Seguro que le hubiera gustado ser una Vengadora.

Intenté pensar si había algún Vengador que tocara el acordeón y fuera amante de los gatos. No se me ocurrió ninguno...

Paul y Cherry respondieron al mismo tiempo.

—Groot.

Theo dijo:

—¡Tormenta!

Iba a tener que darle un repaso a las diferencias entre los X-Men y Marvel.

—Creo que Groot es justo —dijo Julian regalándome una sonrisa.

Jesús. Así que Glenda era una octogenaria amante de los gatos que tocaba el acordeón y que sólo sabía decir tres palabras.

—Ojalá la hubiera conocido —dije porque, sinceramente, sonaba increíble.

—¿Quién vas a ser? —me preguntó Theo.

Oh. Yo...

—Um...

—Loki —respondieron al unísono Cherry, Paul y Denise.

Me sentí aturdido y afrentado, pero sobre todo orgulloso. Julian me sonrió.

—¿Y qué hay de ti? —le pregunté—. ¿Qué Vengador eres tú?

Ladeó la cabeza para pensar.

—No estoy seguro.

—Steve Rogers —respondió Paul.

—Peter Parker —ofreció Denise.

Cherry lo estudió durante un segundo.

—Tony Stark.

—¡Wolverine! —gritó Theo con orgullo. Todos lo ignoramos.

Julian asintió lentamente.

—Quede constancia de que soy la aburrida contrapartida humana de los héroes Vengadores y no su personaje de superhéroe. —Dio un sorbo a su café—. Puedo aceptarlo.

Me reí.

—Bueno, tengo una lista de notas que he tomado de las cartas, si alguien está interesado en ayudar. Lo único que he encontrado son callejones sin salida. —Saqué la lista del bolsillo—. Tengo información del instituto.

—Para los viejos tiempos —dijo Paul con sorna.

Asentí y le sonreí.

—Correcto. Así que tal vez los registros escolares o una biblioteca local podrían ayudar, como dijo Theo.

—¡Yo! —gritó Theo tan fuerte que a la pobre Denise casi se le cae el café—. Yo puedo hacerlo.

—De acuerdo, gracias —respondí—. Y tengo una posible pista militar, si podemos acceder a algunas fechas de Duntroon.

Denise y Theo señalaron a Paul, y éste se encogió de hombros.

—Tengo contactos.

Honestamente debería haber adivinado eso.

—¿Y yo? —preguntó Denise—. No soy sólo la conductora de la carretilla. Puedo buscar cosas.

Le entregué la lista.

—Elige.

La leyó y asintió.

—Voy a pensar.

—Excelente. —Esto era realmente emocionante. Ni siquiera me importaba delegar tareas si eso significaba que tendríamos una respuesta antes—. He intentado buscar en casa, sólo con Google, pero no fue de mucha ayuda.

Paul y Theo se llevaron mis notas a sus escritorios para empezar lo que fuera que iban a hacer, y entonces sonó el timbre del muelle de carga trasero.

—Bueno, ahora vuelvo —dijo Denise desapareciendo por la puerta.

Cherry se preparó otro café y se despidió de mí y de

Julian con la cabeza mientras salía por la puerta, lo que nos dejó solos a Julian y a mí.

—Perdona si no querías que se lo dijera —dijo suavemente—. Es que odiaba que tuvieras que haber mentido.

—No son necesarias las disculpas. Me alegro de que lo sepan. Ahora pueden hacer todo el registro y yo puedo descargar mis carros más rápido. Entonces les ayudaré a hacer los suyos. Además, son mucho mejores que yo para encontrar información.

—Creo que lo estás haciendo muy bien —murmuró—. Tienes un porcentaje de éxito similar al de los demás a la hora de poner el correo en circulación.

Me levanté y lavé mi taza de café.

—Gracias.

Se puso a mi lado, lavando su taza mientras yo secaba la mía.

—¿Sigue en pie lo de esta noche?

—Claro que sí —respondí—. Ah, y en cuanto a qué Vengador eres. Eres cien por ciento Hulk.

Me miró a los ojos.

—¿Hulk?

—Sí. Te he visto desnudo. Definitivamente ha habido algo de radiación gamma ahí. Hace que todo sea realmente grande, si sabes lo que quiero decir.

Se aclaró la garganta.

—Sí, lo entiendo. Y probablemente debería agradecerte que no lo dijeras delante de los demás.

Sonreí.

—De nada. De todos modos, será mejor que me ponga a trabajar antes de que me aplaste Hulk. —Luego me detuve—. En realidad, ser destrozado por tu enorme...

—De acuerdo, gracias, Malachi. No habrá ningún golpe.

Le guiñé un ojo.

—No hasta después de la cena, al menos.

Todavía sonreía cuando salí.

NUNCA HE SIDO una persona que haga alarde... *¿A quién quiero engañar? Siempre hablo bien de mí mismo.* Pero he pateado el culo en el trabajo. He manejado carros jaula, he archivado cartas, paquetes, cajas, cajones y botes. Hice lo mío, y luego hice mella en la carga de trabajo de los demás cuando me ayudaron.

Vi a Paul al teléfono unas cuantas veces, escribiendo notas, pulsando el teclado. Theo estaba igual, y estaba seguro de haberle oído al teléfono coqueteando con una bibliotecaria de Milldale.

Estaba un poco orgulloso.

Denise hizo un descanso en su faena y me dijo que había hecho algunas llamadas. Cherry me sonreía cada vez que me veía, lo cual, para una chica gótica, era como ganar la lotería.

Había un claro ambiente en el aire. Como un zumbido de que todos estábamos en la misma misión.

Como un equipo.

Al final del día, sin embargo, sólo Paul tenía algo a cambio de sus esfuerzos.

—Malachi —dijo llamándome, sosteniendo un bloc de notas—. Esto es todo lo que pude conseguir. Entre mi contacto y los registros públicos, tengo cuatro nombres. Había seis, pero dos se alistaron voluntariamente, así que los excluí. Estos cuatro hombres se inscribieron en el ejército de la comarca local de Milldale tras el reclutamiento. Con edades comprendidas entre los dieciocho y los veinte años, todos fueron a Duntroon. Busqué en los registros de la

Guerra de Vietnam sobre la participación australiana y encontré que este hombre, Peter Digby, estuvo involucrado en una batalla en la frontera con Laos, así que si dices que tu chico nunca salió del país, creo que podemos poner una línea a través de él. Este otro, Steven Harrell. —Señaló su lista—. Todo su historial está básicamente redactado.

—¿Qué significa eso? —pregunté.

—Bueno —dijo Paul pensativo—. Mi opinión es que hizo muchas cosas que el gobierno no quiere que nadie conozca. Operaciones encubiertas, recuperaciones, asesinatos. Ese tipo de cosas. Hubo muchas operaciones encubiertas durante la guerra, muchos tratos por debajo de la mesa que el público no conoce.

No quería saber cómo sabía este tipo de cosas.

—Bien.

Paul no pareció inmutarse en absoluto.

—De todos modos, eso significa que es muy probable que haya visto acción en el extranjero, así que podemos tacharlo. Así que eso deja a estos dos. Michael Flannagan y Errol Hunt. —Arrancó el papel y me lo entregó.

Tenía dos nombres.

—Oh, Dios mío —susurré—. Gracias.

Paul se encogió de hombros, pero me di cuenta de que estaba un poco orgulloso.

—No es exacto, y siempre hay margen de error. Pero por proceso de eliminación, lo he reducido para ti. Es un punto de partida, de todos modos.

Asentí.

—Así es. Gracias.

Julian salió de su despacho y le mostré la lista.

—Tenemos dos nombres del hombre que fue a Duntroon. Podría ser uno de estos dos. Paul lo redujo. Ahora sólo tengo que buscar a Michael y Errol para ver si volvieron a la zona de Milldale. Esto podría ser una posible pista real.

—Eso es increíble —dijo Julian, pero pude notar por su tono que quería decir algo pero no delante de los demás. Podría preguntárselo más tarde porque este hombre tan sexi me iba a preparar la cena esta noche, entre otras cosas que iba a hacer por mí. O a mí, para ser más específicos.

Consulté mi reloj.

—Mierda. Son casi las cinco.

—¿Tienes prisa hoy? —preguntó Paul—. Has estado corriendo como una mosca azul todo el día.

—No puedo perder el autobús —dije doblando el trozo de papel y metiéndolo en el bolsillo.

—Ooh, ¿tienes una cita caliente? —continuó Paul. Era evidente que lo decía en broma, y era imposible que supiera lo mío con Julian. Sólo estaba siendo él mismo y diciendo cosas desagradables.

Pero decidí seguirle el juego.

—Esta noche tengo una cita muy caliente. —Deliberadamente no hice contacto visual con Julian—. Tengo mucho que hacer antes de que me recoja para cenar, así que no puedo llegar tarde. —Podría haber explicado el proceso de lavados anales, pero dudaba que Paul o Theo disfrutaran con los detalles. Fui a mi ordenador y lo apagué, empezando a ordenar mi escritorio.

—Tengo el número de teléfono de Susan —anunció Theo, poniéndose de pie con orgullo—. La bibliotecaria de Milldale.

Me levanté para poder verlo por encima de la pared del cubículo.

—¿Lo conseguiste?

Parecía tan orgulloso que podría estallar. Levantó un trozo de papel.

—Sí. Estuvimos hablando y ella era simpática, así que le pedí su número y se puso muy risueña y me lo dio.

Bueno, que me parta un rayo.

—¡Mira cómo vas!

Sonrió, con las mejillas rosadas.

—Le gusta el sudoku y hacer papel maché.

Bueno, eso fue aleatorio como el infierno, pero está bien.

—Impresionante.

—Va a buscar en todos los anuarios a alguien que se llame Raymond y me llamará. —Estaba tan feliz que quería aplastar sus regordetas mejillas.

—Ah, hola, estáis todos aquí. Tengo algo de información para vosotros —dijo Denise, saliendo por uno de los pasillos. Tenía el teléfono pegado a la oreja—. Bien, Doll... eres un tesoro nacional... sí, estoy segura. Nos vemos entonces —dijo al teléfono y luego cortó la llamada. Me miró y luego a Julian—. Si quieres saber algo sobre la historia gay de esta ciudad, pregunta a los mayores, ¿no? Así que llamé a la vieja Dolly. Ella ha estado en la escena lésbica desde siempre. Ya debe tener setenta años. Todavía puede tumbar a un listillo de un taburete, pero eso es otra historia para otro momento. De todos modos, la llamé y le pregunté si había oído el nombre de Milton James. Era una posibilidad remota, pero tenía que significar algo, ¿no?

Esto se estaba haciendo eterno y yo tenía que coger un autobús.

—¿Y?

A Denise obviamente le gustaba contar historias.

—Así que la escena gay a finales de los sesenta y principios de los setenta era mayormente clandestina porque los policías hacían redadas en los clubes y arrestaban a cualquiera que pareciera remotamente gay, ¿verdad?

Dios.

Julian asintió.

—Correcto.

—Por aquel entonces había una emisora de radio comunitaria en una frecuencia de AM aleatoria que funcionaba en una sala situada encima de un pub de la Calle Oxford. Anunciaban todo tipo de cosas, la mayoría en clave para que la policía no pudiera descubrirlas, como direcciones señuelo para fiestas, ese tipo de cosas.

—De acuerdo —dije tratando de incitarla.

—Y había un segmento en la radio una noche a la semana llamado *Queridísimo Milton James*.

Sentí que la sangre se me escapaba de la cara.

Le lancé una mirada a Julian.

—Queridísimo Milton James.

Parecía tan sorprendido como yo. Se volvió, con los ojos muy abiertos, hacia Denise.

—¿Qué más dijo?

—Era como un programa de entrevistas, pero podías escribir. Respondía a cualquier pregunta sobre sexo o citas. También leía poesía erótica. O cualquier cosa que la gente escribiera, él la leía al aire. Tenían un buzón, pero sólo duró un año hasta que la policía esperó a que alguien recogiera el correo y eso puso fin a todo.

—Dios mío —susurré.

Denise asintió.

—Dolly puede ser vieja, pero es muy lista. Nunca olvida nada. Sabe todo lo que pasó en esa época.

—Escribía a un programa de radio —murmuré sentándome en mi escritorio—. Debían haber escuchado el programa. Bueno, Raymond definitivamente lo hizo, pero me pregunto si lo escuchaban juntos. ¿Quizá fueron al río y lo escucharon en el coche? No lo sé. Sin embargo, Raymond quería que el chico de la radio leyera las cartas en directo, pero nunca lo hicieron.

Paul golpeó su reloj.

—Vas a perder el autobús.

—Habrá otro —susurré. ¿Por qué me dolía tanto esto? Por qué descubrir esta información me hacía sentir terrible —. *Queridísimo Milton James* era un segmento de radio para gente gay para que pudieran comunicarse y compartir historias.

Denise se acercó y puso su mano en mi hombro, dándome una pequeña sacudida.

—Es algo bueno. La gente de entonces encontró formas de eludir las leyes para formar una comunidad. Eso demuestra lo resistentes que eran entonces. Cómo se sobreponían siempre.

Asentí. Cuando lo dijo así...

—Supongo.

—¿Estás listo, Malachi? —Cherry había recogido su bolsa y miró el reloj—. Iré contigo hasta el autobús.

—Sí, claro —dije—. Gracias a todos por ayudar. Sois los mejores. Nunca habría descubierto estas cosas por mi cuenta.

Todos actuaron como si no fuera gran cosa, aunque lo fuera, y empezaron a recoger mientras yo me dirigía a la puerta con Cherry. Excepto Julian, que me observaba, claramente queriendo hablar conmigo, probablemente preguntando por qué estaba cogiendo el autobús pero sin estar seguro de cómo hacerlo sin ser obvio.

Saqué mi teléfono del bolsillo y le envié un mensaje rápido al llegar a la puerta.

A las seis y media. No llegues tarde.

Le abrí la puerta a Cherry y me volví para ver a Julian sonriendo con su teléfono.

CAPÍTULO QUINCE

A LAS 6:25PM recibí un mensaje de texto de Julian.

Estoy aparcado en la puerta. ¿Quieres que suba?

Iba a responder, pero pensé que sería más rápido si iba a su encuentro. No necesitaba saber que llevaba años duchado, vestido y preparado, contando los minutos.

Encontré su coche y se bajó cuando me vio. Se acercó al lado del pasajero y me abrió la puerta.

—Buenas noches —dijo—. Estás increíble.

Me había puesto un tinte naranja brillante sobre el mechón morado que se estaba desvaneciendo en mi pelo, que por lo demás era negro como el azabache. Llevaba unos vaqueros negros ajustados con una camiseta vintage de Guns N' Roses con la cruz naranja. Tenía cordones de cinta naranja brillante en mis Docs.

—Gracias. Estás tan sexi como siempre —respondí subiendo en su coche. Cerró la puerta y me sonrió todo el camino hasta su casa.

—Te has cambiado el pelo —dijo mientras se subía al volante.

—Es una conveniente coincidencia que me lleve el

mismo tiempo teñirme el pelo que hacerme un lavado anal. Puedo hacer varias cosas a la vez.

Se quedó mirando y luego se echó a reír.

—De acuerdo entonces.

—No estaba seguro de que fuera necesario, pero no quería arrepentirme de no haberlo hecho. Dijiste que querías probar todo de mí y no sabía si te gustaba comer culos, pero me gusta estar preparado.

Hizo un maldito gruñido caliente mientras se movía en su asiento.

—Cristo, Malachi.

Su reacción me hizo acicalarme un poco.

—Lo siento.

No lo lamentaba. Ambos lo sabíamos.

Sacó el coche a la calle, se acercó a la consola y me tomó de la mano, enviando una ráfaga de calor a través de mí.

—¿Te sientes bien por lo de hoy? ¿Saber quién era Milton James? —me preguntó.

Le sonreí.

—Me siento mejor ahora, sí. Lo que dijo Denise era cierto. Encontraron la manera de ser ellos mismos y crear su propia comunidad. No sé por qué me sentí tan mal cuando lo oí por primera vez. Me pareció triste, pero eran otros tiempos. No puedo imaginarme... Supongo que fue un buen recordatorio de la suerte que tengo. —Apreté su mano—. He estado fuera desde que tenía como nueve años. Nunca fue un gran problema. Fui una decepción para mis padres en el instituto, en el trabajo, nunca fui a la universidad, me despidieron por llevar falda. Así que mi homosexualidad fue probablemente un alivio, para ser honesto. No había riesgo de que fuera aún más decepcionante por embarazar a las chicas de toda la ciudad.

Julian se rio.

—Mencionaste hermanos, ¿verdad?

—Un hermano y una hermana mayores. Son responsables y muy heterosexuales, con sus trabajos de oficina, sus casas valladas y su promedio de 2.5 hijos, así que todas las expectativas recaen sobre ellos. Yo soy la oveja arcoíris de la familia que anda suelta por el prado de arriba. —No podía creer que nunca hubiéramos hablado de nuestras familias—. ¿Y tú?

—Tengo dos hermanas, una mayor y otra menor. Mi hermana menor es bisexual, actualmente sale con un chico desde hace unos dos años. Y mi hermana mayor es en realidad una ministra ordenada, si puedes creerlo. Y es una madre adoptiva. Tiene una hija con ella en todo momento y está tan ocupada, que estoy seguro de que nunca duerme.

—Vaya.

Me lanzó una sonrisa.

—Mis padres siempre nos han aceptado como somos. Nunca han cuestionado nuestras decisiones, sólo quieren que seamos felices. Mi padre era fontanero hasta que se lesionó la espalda hace unos años. Ahora está bien, pero lo dejó fuera de combate durante un tiempo, y lo tomó como una señal para retirarse pronto, así que vendió su negocio. Mi madre es contable. Viven en Ashfield, en la casa en la que crecí.

—Me encanta eso. —Entonces hice una mueca—. Bueno, en realidad no necesito hablarte de mi padre porque lo conoces. Aunque el otro día le dijiste que yo era tu empleado más sexi.

Se rio.

—Sabes que en realidad no dije eso.

—¿Qué le dijiste?

—Sólo me preguntó cómo te estabas adaptando. Le dije

que eras un gran activo para el equipo y que encajabas muy bien.

—¿Se sorprendió?

Julian me apretó los dedos y dejó mi mano sobre su muslo mientras usaba las dos manos para conducir. Habíamos girado en una calle residencial de aspecto agradable.

—No lo creo.

—Hablando de equipo —reflexioné—. Creo que contarles a todos lo de las cartas de Milton James y decidir encontrar quién es ese Raymond fue una buena idea. Todos se involucraron y parecían muy contentos con eso.

—Yo también lo he notado. Había un estado de ánimo diferente en el trabajo hoy.

—Como un equipo.

Julian asintió.

—Sí. La verdad es que fue agradable.

—Quizá de vez en cuando podríamos coger un caso antiguo y hacer un trabajo en equipo para resolverlo. Como una vez al mes o algo así.

Julian me sonrió.

—Me gusta esa idea. —Redujo la velocidad del coche y aparcó en paralelo en reversa como un profesional, luego apagó el motor—. Bueno, ya hemos llegado.

La calle estaba flanqueada por estrechas casas adosadas de dos plantas, algunas con pequeños porches y vallas, otras con plantas y flores. Era preciosa.

—¿Vives en una casa adosada?

—Sí. Es pequeña y muy estrecha.

Entonces se me ocurrió un pensamiento horrible.

—Dios mío, ¿tienes compañeros de casa? ¿Voy a conocer a gente extraña en los próximos diez segundos? Porque no estoy preparado mentalmente.

Julian se rio.

—No, vivo solo. Te habría avisado antes si ese fuera el caso.

El alivio fue instantáneo. Además, no estaba para momentos sensuales con público.

Salimos de su coche y le seguí hasta su puerta. Su casa adosada era de color gris pizarra con una valla de hierro forjado negro, puerta y ventanas elegantes. Era preciosa. Dentro había una sala de estar primero, muy estrecha, como había dicho. Pero era luminosa y con techos altos. Sus muebles estaban bien elegidos para la habitación, nada desordenado, muy a la moda gay. El salón daba a la cocina, que era relativamente nueva, también blanca y muy ordenada. No me ofreció una visita a la planta de arriba, y no se lo pedí; supuse que vería su cama más tarde.

—Tu casa es preciosa —dije—. Muy adulta. Hace que mi retro vintage parezca más bien infantil.

Se rio.

—Tu casa es muy tuya.

—¿Qué, infantil? ¿O de segunda mano y barata?

Se rio.

—No es así. Me refería a brillante, colorida y muy divertida. —Entonces me cogió de la mano y me hizo girar un poco antes de arrimarme a la encimera de la cocina. Se apretó contra mí y me levantó la barbilla para poder besarme, de forma suave, cálida y prolongada—. Llevo todo el día queriendo hacer esto —murmuró antes de volver a besarme.

No había urgencia, ni prisa, como si quisiera saborear cada segundo. Como si quisiera que sintiera su ternura y su honestidad. Como si sintiera lo mismo por mí que yo por él.

Como si supiera que esto no tenía sentido, que todo era

demasiado rápido, que no deberíamos sentirnos así después de tan poco tiempo.

Finalmente terminó el beso y apoyó su frente en la mía.

—Entonces... la cena.

—Entonces, la cena —repetí en un susurro. Estaba dispuesto a decir que a la mierda la cena, que nos fuéramos a la cama.

—Agh —dijo dando un paso atrás—. Estoy tratando de hacer lo correcto aquí. Como en una cita adecuada.

—Estás haciendo un muy buen trabajo.

Negó con la cabeza y se rio.

—Así que pensé en probar algo nuevo y encontré un plato de fideos tailandeses picantes que tenía muy buena pinta, pero entonces me entró el pánico y llamé a Curtis, mi amigo. En fin, le dije que quería impresionarte y me dijo que te hiciera mi plato de linguini. Así que eso es lo que hice. Tuve que conseguir linguini fresco de la charcutería de camino a casa, salchichas italianas y la ricotta adecuada.

—Bueno, suena increíble... ¿pero querías impresionarme? ¿Y le hablaste a tu amigo de mí?

Sonrió y empezó a sacar ingredientes de la nevera, poniéndolos en la encimera.

—Por supuesto que sí. —Me miró a los ojos—. Dijiste que les habías hablado a tus amigos de mí.

—Bueno, a una amiga. Moni. Y sí, por supuesto, le cuento todo. Y me refiero a todo. —Entonces puse los ojos en blanco—. No necesitas impresionarme. Ya estoy impresionado.

Sonrió, sonrojándose débilmente.

—Bien, entonces este plato no toma nada de tiempo. ¿Querrías ayudarme a cortar y picar cosas, o querrías traer una silla a la cocina, tomar una copa de vino y lucir guapo mientras supervisas?

—Voy a supervisar totalmente. Y a lucir guapo, por supuesto, pero me acabas de dar la opción de sentarme aquí y comerte con los ojos. Eso no tiene discusión, mi chico. —Acerqué una silla, como me dijo y me senté en el borde de la cocina. Sirvió dos vasos de vino tinto y me dio uno—. Y—continué—, no quieres que te ayude a cocinar. Tengo muchos talentos, pero cocinar no es uno de ellos.

—Sin embargo, estar guapo sí lo es —dijo—. Lo haces muy bien.

—Lo sé. A veces es una carga.

Se rio y se puso a picar y a cortar en dados, con un aspecto relajado y magnífico moviéndose por la cocina. Freía y cocinaba a fuego lento y los aromas me hacían rugir el estómago.

Pero había algo que quería preguntar.

—¿Puedo preguntarte algo?

—Claro.

—Hoy, cuando Paul había reducido la lista de nombres de Duntroon a dos y yo mencioné que tal vez me pondría en contacto con ellos, la expresión de tu cara me dijo que no te parecía una gran idea.

—Bueno...

—¿Bueno qué?

Suspiró y sonó a disculpa. Dejó de cortar y se volvió hacia mí.

—No puedes llamar a alguien de la nada y decirle: "Oye, ¿tuviste una relación íntima con un tío llamado Raymond en los años setenta?" Podría estar casado y con nietos y no quiere que nadie sepa de esa época de su vida. Podría ser perjudicial para él.

Mi corazón se hundió.

—Lo sé, y es una decisión justa. Primero tendría que investigar más. Y una vez que hayamos reunido toda la información que podamos encontrar y estemos seguros de que es el hombre correcto, tomaremos una decisión informada entonces, si es que contactamos con él. Yo no soltaría una bomba por curiosidad.

Julian me dedicó una suave sonrisa.

—Creo que nuestro único punto de contacto debería ser Raymond.

Le di un sorbo a mi vino y dejé que se explicara.

—Por lo que sabemos, el hombre del que escribió ni siquiera sabe que las cartas existen. Y tal vez sean completamente ficticias. No se leen como si lo fueran. Todo lo que habla parece real, pero ¿cómo lo sabemos? Podría haber estado escribiendo una historia para hacerla parecer real, sólo para ser leída en la radio como si fuera una relación real. Como una historia de serie de radio. Mencionó que iba a la universidad a estudiar inglés, así que tal vez le gustaba escribir historias. No lo sabemos.

—No había pensado en eso.

Julian suspiró.

—Quiero que sea real. Quiero que haya algún tipo de final feliz, pero... —Se encogió de hombros—. Simplemente no lo sabemos.

—Es una decisión justa —admití.

Volvió a la tabla de cortar y echó las verduras cortadas en la sartén.

—¿Puedo ser totalmente honesto contigo?

Oh, Dios.

—Sí, por supuesto. Aunque eso de adelantarse nunca acaba bien, pero claro.

Se rio y apoyó la cadera en la encimera.

—No te enfades conmigo.

—Oh, por el amor de Dios, Julian, ¿estás casado?

—¿Qué? No.

—¿Eres heterosexual?

—Definitivamente no.

—¿Estás viendo a alguien más?

—En absoluto.

—Entonces no me enfadaré. A menos que seas el tipo de persona que vierte la leche antes de los cereales.

—¿Quién hace eso?

—Los paganos.

Se rio.

—No, no es nada de eso. —Respiró profundamente—. Bien, aquí va. Cuando te pedí que me ayudaras a investigar estas cartas, no pensé que jamás encontraríamos a la persona que las escribió, ni a quién se las envió, ni quién era el Queridísimo Milton James. No creí que las encontraríamos nunca. Eran cartas viejas y con información tan vaga, y no había dirección, ni nombres reales, ni nada.

Eh, ¿qué...?

—Entonces por qué sugeriste...

—Necesitaba una excusa para pasar tiempo contigo. Quería verte fuera del trabajo y era demasiado cobarde para pedirlo.

—Oh.

—Lo siento mucho. Nunca fue mi intención engañarte. Simplemente no sabía cómo invitarte a salir sin que me diera urticaria. Y entonces comenzaste a encontrar información y fue emocionante. Y para que conste, me alegro de que los encontremos. Me alegro de que tengamos todas estas pistas. Si podemos devolver las cartas a Raymond, entonces será increíble. Sólo que nunca pensé que lo haríamos. —Se llevó la mano a la frente—. Lo siento.

No pude evitarlo. Me reí.

—¿Por qué lo sientes? Eso es muy dulce. Desde luego no has mentido. Me dijiste que pensabas que debíamos intentar encontrarlos. Y lo intentamos. Eso no es mentir. —Me bajé del taburete y me acerqué a él, acunando su cara con la mano—. Me alegro de que me hayas preguntado y de que hayamos pasado tiempo juntos fuera del trabajo. Sólo creo que es gracioso que estuvieras demasiado nervioso para preguntar.

—No mentí cuando dije que había estado fuera del juego por un tiempo. Todo lo que te he dicho es la verdad. Me gustas y quiero seguir viéndote. Y quiero encontrar a ese tal Raymond y devolverle las cartas. Sólo que nunca pensé que lo haríamos.

Me incliné sobre las puntas de los pies y lo besé suavemente.

—Tú también me gustas y quiero seguir viéndote. Y sería un gran mentiroso si dijera que no acepté ayudarte a encontrarlo sólo para poder pasar más tiempo contigo. Aunque tenía visiones de que nos quedaríamos en tu oficina y tendríamos sexo supercaliente sobre el escritorio, pero las citas para cenar también son divertidas.

Julian se rio y me atrajo para darme un beso de verdad, con sus brazos alrededor de mi espalda, manteniéndome cerca mientras profundizaba el beso.

Hasta que mi estómago gruñó y él se separó con una carcajada.

—Vale, primero te daré de comer.

Me debatía entre el hambre y la excitación.

—Lo siento, parece que mi estómago aprueba tu cocina. Huele tan bien.

Diez minutos después, estábamos sentados a su mesa comiendo la mejor pasta que había probado en mi vida. Consideré la posibilidad de lamer el plato vacío, pero pensé que era mejor no hacerlo.

—Por favor, dale las gracias a Curtis por sugerirte que

cocinaras esto. Estoy más que impresionado, y ahora la mala noticia para ti es que esperaré este nivel de brillantez cada vez que cocines para mí.

Julian se rio, apartó su plato y luego dio un sorbo a su vino.

—Me gustaría atribuirme el mérito, pero, sinceramente, la charcutería italiana de la que obtengo los ingredientes hace imposible que sepa mal. Ellos mismos hacen la pasta, que tarda cinco minutos en cocinarse. Importan la salchicha y la ricotta directamente de Italia, y estoy bastante seguro de que los tomates madurados en viña se cultivan en la parte trasera de la tienda.

Me reí.

—Bueno, dales las gracias de mi parte también. Estaba delicioso.

—Me alegro de que lo hayas disfrutado. Aunque no he traído nada de postre. Puedo ofrecerte más vino. ¿O un espresso?

—O puedes convertirme en postre y llevarme a tu habitación.

Su mirada se dirigió a la mía; tenía fuego en los ojos.

—Malachi —respiró.

Me deseaba tanto como yo a él. No podía negarlo. Y yo siempre había sido sincero sobre lo que quería.

Y lo quería a él.

Aparté mi silla y me puse de pie, yendo hacia él. Levanté la pierna y me puse a horcajadas sobre él, sentándome en su regazo, sobre su entrepierna. Él seguía sentado ante la mesa, así que estaba algo apretado, pero rápidamente me rodeó con sus brazos y me miró a la cara.

—Eres muy atrevido.

Me balanceé un poco hacia adelante, presionándome sobre él. Deslicé mis brazos alrededor de su cuello y lo besé.

Si tenía alguna duda, se disipó en cuanto mi lengua tocó la suya. Gimió en mi boca y apretó sus brazos alrededor de mí.

Podía sentir cómo se endurecía su polla mientras me acercaba y me besaba más profundamente.

—Tengo los resultados de mi última prueba de ETS en un mensaje de texto en mi teléfono —susurré desesperado—. Estoy listo para seguir.

Inhaló profundamente, apoyó su frente en mi barbilla y recuperó el aliento. Cuando levantó la vista hacia mí, sus ojos eran agudos y oscuros.

—Me hicieron pruebas de todo después de que mi ex... No he estado con nadie desde entonces.

—¿Nadie? —Negó con la cabeza y yo sonreí—. Entonces debes tener muchas ganas de correrte.

Se levantó tan rápido que pensé que me iba a tirar de su regazo, pero se agarró a mi culo y me levantó con él.

Oh, claro que sí.

Sin romper el contacto visual, me bajó lentamente al suelo, manteniéndome cerca.

—Te deseo —susurró. Pensé que las rodillas se me iban a doblar, pero me cogió de la mano y me hizo subir las escaleras. Su habitación era larga y estrecha. Su cama parecía enorme y mullida, con las fundas de color gris claro. Había libros en su mesita de noche, pero no tuve tiempo de leer los lomos porque me empujó a su cama y se arrastró tras de mí.

Subió por mi cuerpo, entre mis piernas y me desabrochó el botón y la bragueta.

Joder.

Me sacó la polla de los calzoncillos y mirándome a los ojos, se inclinó y me lamió. Pasó su lengua plana por el tronco, lamió la cabeza y luego me llevó a su boca. Sólo para probar, porque se apartó y se sentó. Estaba a punto de protestar cuando empezó a quitarme los vaqueros y luego la camiseta.

—Te quiero desnudo —dijo.

—Tú también —dije. Mi voz sonaba como si hubiera fumado dos paquetes de cigarrillos al día durante sesenta años. Eso le hizo sonreír, pero se desabrochó la camisa y se desabrochó los botones de los pantalones como una puta estrella del porno. Tuve que apretar mi polla para evitar mi orgasmo.

Estaba tan preparado para esto.

Sonrió mientras agarraba mi base y me llevaba de nuevo a su boca, chupando, girando, lamiendo, masturbándome y acariciando mis bolas.

Joder.

—Julian —murmuré—. Ya estoy cerca.

Así que, por supuesto, gruñó y me llevó a su garganta, y ese fue el empujón final. Me agarré a las sábanas de su cama y caí sobre el borde, bajando por su garganta.

Todo mi cuerpo se convulsionó, y él chupó cada gota de mí.

—Dios.

Tarareó y se retiró, sonriendo, victorioso. Luego me levantó como si fuera un muñeco de papel, apoyándome en el cabecero acolchado. Se sentó a horcajadas sobre mi pecho, tomó su enorme y jodida polla en su puño, y ciertamente no necesité que me dijeran que abriera la boca.

No había manera de que pudiera tomarlo todo, ni siquiera cerca. Pero trabajé la cabeza de su polla como un Chupa Chups, y fui recompensado por mis esfuerzos. Estaba muy dura e hinchada, y gruñó y maldijo cuando se corrió, agarrándose a la cabecera mientras palpitaba en mi boca.

Tuve que preguntarme cuánto autocontrol necesitaba para no empujarse en mi garganta.

Cuando su orgasmo siguió su curso, se retiró y me bajó un poco de la cama para poder rodearme con sus brazos. Podría haber sido lo mejor de la historia.

Pero luego las mamadas de ensueño se convirtieron en besos y los besos se convirtieron en pajas mutuas, y ya era cerca de la medianoche cuando bajamos a picar algo.

—Supongo que debería ir a casa —dije—. Pero llamaré a un Uber. No hace falta que me lleves.

Se acercó y me dio una galleta con queso. Me quitó una miga con el pulgar.

—O puedes quedarte.

Se rio al ver mi expresión de sorpresa. Me olvidé de masticar la galleta y traté de hablar.

—¿Uhmff?

—Quédate. —Volvió a reírse pasando sus dedos por mi cabello—. Puedo llevarte a tu casa de camino al trabajo mañana por la mañana si necesitas algo. Quédate esta noche. —Me besó de nuevo—. En mi cama.

CAPÍTULO DIECISÉIS

DESPERTAR en la cama de Julian, en sus brazos, fue surrealista. Ser la cucharita para él era cálido y seguro, y su cama era diez veces mejor que la mía, así que también podía añadir lujoso a la lista de adverbios superfluos de mi cerebro flotante.

Por un breve segundo, pensé que me había despertado en el cielo.

Su enorme erección matutina como palo no ayudaba... En realidad, ¿podría llamarse tronco? ¿O un madero? Una rama no parecía adecuado...

—Buenos días —murmuró con voz profunda y áspera. Me besó la nuca.

—Hmm —Suspiré—. El cerebro aún no funciona del todo.

Me pasó la mano por el costado, por la cadera y se rio.

—¿Quieres que te ayude con eso?

Dios, sí.

Moví el culo como respuesta, intentando alinear su erección entre mis nalgas. Su mano firme en mi cadera me tranquilizó.

—¿Eso es un sí?

—Sí, por favor.

Así que se puso de rodillas y tiró de mis piernas sobre sus muslos, acercándome. Pensé por un segundo que iba a follarme, pero deslizó nuestras pollas juntas, apretadas en su puño, y empezó a masturbarnos.

Creo que duré unos veinte segundos. Veinticinco, como mucho. Se corrió justo después de mí, masturbándose sobre mi vientre. Su fuerte cuerpo, su hábil tacto, su perfecta polla, y los sonidos que hacía cuando se corría...

Tan jodidamente caliente.

Se desplomó sobre mí y quise quedarme allí para siempre. Con su peso sobre mí, con su semen embadurnado en mí.

No quería irme nunca.

—Me dormiré si sigues frotando círculos en mi espalda —murmuró.

Yo tararé con alegría.

—¿Crees que nos echarían de menos si los dos nos reportáramos enfermos hoy?

Julian se rio en mi cuello, haciéndome temblar.

—Creo que lo harían, sí.

—Qué pena.

Julian nos dio la vuelta.

—Hora de la ducha. Tú primero.

—¿No nos vamos a duchar juntos?

—Si lo hacemos, no iremos a trabajar hoy.

—Eso no ayuda a tu argumento.

Volvió a reírse y tomando mi mano, me ayudó a bajar de la cama. Me hizo pasar a su cuarto de baño, me ofreció una enorme y esponjosa toalla y me dejó asearme. Su ducha era más grande que la mía, el agua estaba más caliente. Todo en su casa era mejor que en la mía. Pero como no quería usar toda su agua caliente, lo hice rápido.

Él, por supuesto, estaba abajo. El café y las tostadas estaban hechas. Me miró con mi ropa de la noche anterior.

—Podemos pasar por tu casa de camino al trabajo si quieres —me ofreció.

—No, está bien. Sólo la tuve puesta unas dos horas. Pero para que sepas, no estoy usando mis calzoncillos. Ahora mismo estoy totalmente con las bolas libres, así que todo el día en el trabajo tendrás el privilegio de saber que no llevo calzoncillos.

Hizo un gruñido bajo.

—Eso no es justo.

Le di un sorbo a mi café.

—Sólo algo para que pienses todo el día antes de cumplir tú promesa para esta noche.

Cerró los ojos lentamente y dejó el café. Dejó escapar una respiración lenta y mesurada.

—Bien. Debería ir a ducharme. Antes de no ir a trabajar hoy.

Sonreí cuando me miró con mala cara al subir las escaleras. Tuve que preguntarme cuánto podría burlarme de él antes de que me tirara a la cama y me diera una lección.

No tenía ni idea de lo fuerte que era su determinación, pero estaba deseando averiguarlo.

Le di un mordisco a mi tostada justo cuando sonó mi teléfono. Era un mensaje de Moni.

Si no respondes a este mensaje, llamaré a la policía.

Al parecer, era el tercer mensaje que me enviaba. Dos a última hora de la noche y ahora este. Estaba comprobando cómo estaba después de mi cita para asegurarse de que estaba bien.

Pulsé "Llamar".

—¿Estás muerto?

—He estado en el cielo un par de veces, pero no, sigo en este mundo mortal.

—Te envié un mensaje de texto anoche.

—Lo siento. Estaba ocupado yendo al cielo.

Se rio.

—Bueno, me alegro de oír eso. Debes haber llegado tarde a casa.

—Todavía estoy en su casa.

—¿Lo estás?

—Sí. Está en la ducha. Anoche me preparó la cena; esta mañana me ha hecho el desayuno. Moni, es el hombre más dulce con el que he estado.

—Oooh.

—Y está bien dotado. Muy bien dotado, Moni. Como esas barras de salami en el escaparate de una charcutería. Mi culo nunca será el mismo, y no puedo esperar, joder.

—¿Así que aún no has llegado tan lejos?

—Todavía no. Esta noche, probablemente.

—Bueno, cuídate.

—Siempre.

—Envíame un mensaje si lo necesitas.

—Lo haré. Y lo mismo. Si sales esta noche y me necesitas, me llamas.

—No me atrevería a interrumpir tu sexo con polla de salami.

Resoplé.

—Renuncio incluso a eso por ti.

—Mentiroso.

—Te quiero.

—Yo también te quiero. Diviértete esta noche.

—Oh, lo haré.

Se rio y me colgó, así que terminé mi tostada y lavé las

pocas cosas que habíamos usado. Las estaba secando cuando Julian bajó. Llevaba sus pantalones azul marino, una camisa de botones azul cielo con una sonrisa en la cara y un andar contento.

Me dejó sin aliento.

—Buenos días, guapo —le dije dándole un repaso descarado.

Se arregló las gafas y se sonrojó.

—¿Estás listo?

—Claro que sí.

El tráfico matutino era una mierda, como siempre, y el viaje fue lento. No es que me importara. Julian me miraba sonriente de reojo de vez en cuando y yo estaba tan jodidamente feliz y estúpidamente mareado que podría haber estallado.

—Entonces esta tarde —dije—. Puedo tomar el autobús a casa como hice ayer. Así la gente no pensará que es sospechoso si nos vamos juntos.

Julian puso una cara pensativa.

—Bueno, puedes tomar el autobús si quieres. A mí no me importa de ninguna manera. Pero hay muchas posibilidades de que alguien te vea salir de mi coche esta mañana, lo que probablemente sea más difícil de explicar, así que...

—Oh, mierda. ¿Quieres dejarme a una manzana y puedo llegar caminando?

Se rio.

—No. No voy a dejarte a mitad de manzana. Si nos ven, que nos vean. —Se encogió de hombros—. ¿A menos que no quieras? Si no te sientes cómodo...

—No, sólo no quiero que cause problemas, eso es todo.

Me apretó el muslo y entrelacé nuestros dedos en la rodilla.

—¿Qué tal si lo llevamos poco a poco? —dijo—. Si hacen

preguntas, las responderemos. No hace falta mentir. —Se quedó callado durante unos minutos—. ¿Puedo preguntarte algo?

—Claro.

—¿Qué crees que diría tu padre si se enterara?

Le sonreí.

—¿Me lo preguntas como mi jefe o como un posible novio?

Puso los ojos en blanco, pero el rubor de sus mejillas lo delató.

—Ambas cosas, supongo. Cualquiera de los dos. Ambas.

—Como mi jefe, realmente no puede decir nada. No es una violación de ningún protocolo o reglamento. Puede que no le guste, pero él nos presentó así que es su culpa. Como novio potencial, tienes un gran trabajo y me tratas bien, así que tienes que gustarle. Además, él nos presentó, así que es su culpa.

Julian se rio.

—Estoy seguro de que le gustará mucho que le digan eso.

Le sonreí.

—Así que... ¿Has estado considerando esto del novio potencial durante mucho tiempo?

Negó con la cabeza, sonriendo.

—No voy a responder a eso. No hay una respuesta correcta y cualquier cosa que diga puede ser usada en mi contra.

Me reí.

—Pero lo has considerado.

Se negó a contestar, prefiriendo subir el volumen de la música. Pero eso estaba bien. Porque lo había considerado...

Sonreí durante todo el camino al trabajo.

FUIMOS LOS PRIMEROS EN LLEGAR, lo que probablemente era bueno. Y si alguno de ellos pensó que era raro que yo estuviera en la sala de descanso antes que ellos, nadie lo mencionó.

Bueno, Cherry podría haberme mirado de reojo, pero de todas formas sabía lo mío con Julian, así que por suerte decidió no sacar el tema.

Theo hablaba sin parar de su conversación telefónica con su amiga bibliotecaria de Milldale. Aunque había recuperado los anuarios de los archivos, aún no había tenido la oportunidad de revisarlos. Estaba en su lista de tareas para hoy.

Así que teníamos que esperar.

Me pareció que revisar todo el inventario que podía era una buena manera de pasar el tiempo. Al menos funcionaba como distracción. No vi mucho a Theo en su escritorio, también estaba ocupado con su carro jaula, y me dije que estas cartas habían esperado cuarenta y tantos años, un día más no haría daño.

La bibliotecaria se pondría en contacto con él cuando pudiera...

Conseguí un rápido bocado en el almuerzo y volví directamente al trabajo, y estaba al final del pasillo J-K cuando Theo gritó mi nombre tan fuerte que sólo pude adivinar que, o bien había recibido noticias de su bibliotecaria, o el edificio estaba en llamas.

Corrí hacia el frente y lo encontré agitando un papel en el aire.

—¡Tengo algo!

Estaba tan emocionado que me temblaban las manos. O

quizás era porque realmente corrí y mi cuerpo estaba conmocionado.

—¿Qué es?

—De 1969 a 1973 hubo cuatro Raymond que fueron a la Secundaria Northbury —dijo. Luego sacó unas imágenes en su ordenador—. Susan escaneó las páginas para mí. Raymond Bing estaba en cuarto curso en 1969. Jugaba al rugby en el colegio. Raymond Allcott estaba en sexto curso en 1970. Aquí dice que el instituto le deseó lo mejor en la escuela de medicina, para la que ya había sido aceptado. —Theo se encogió de hombros—. Creo que podemos olvidar a esos dos. —Sacó otra imagen—. Este es Raymond Dunn. Se graduó en 1972. Destacó en inglés y en el club de teatro. También fue un muy buen nadador. Y el último es Raymond Hollington...

—Es Raymond Dunn —dije.

—¿Cómo lo sabes? —preguntó Paul. Cherry y Denise también estaban allí.

—Porque en su carta dice que quiere ser profesor, y dijo que el río era más divertido para nadar que la piscina del pueblo. Así que es nadador. Se llama Raymond Dunn.

Oh, Dios mío.

Miré más de cerca la fotografía. Era delgado y tenía el pelo corto y castaño, bien peinado. Sus pantalones eran fabulosamente cortos, como lo eran casi siempre a princi-pios de los años setenta. Llevaba un polo, metido por dentro, y sonreía a la cámara con un grupo de otros chicos.

Tuve que preguntarme si su novio era uno de ellos.

Pero mis ojos volvieron a fijarse en Raymond. Tenía una sonrisa tan bonita. Era él. Lo sabía.

—Es él. Se llama Raymond Dunn —volví a decir.

Cherry ya estaba en su escritorio escribiendo en el teclado.

—Puedo encontrar tres Raymond Dunn en Nueva Gales del Sur. Al cruzar las referencias con... —Siguió tecleando y entrecerró los ojos en la pantalla—. Fecha de nacimiento... 1946; no. 1963; no. 1954; bingo. Raymond Dunn, nacido en 1954. Dieciocho años en 1972. —Garabateó algo en un papel y me lo entregó—. Su número de teléfono.

—Mierda, chica. Sinceramente, deberías ponerte en contacto con Seguridad Nacional para que te den trabajo. —Me quedé mirando el número y luego volví a mirarla—. Eh, ¿esta información fue obtenida legalmente? Sólo me pregunto si podría meterme en problemas por esto.

Ella sonrió.

—Sí, por supuesto.

Había un veinte por ciento de posibilidades de que estuviera mintiendo.

Pero teníamos un número de teléfono.

—¿Qué está pasando? —preguntó la profunda voz de Julian.

Levanté el papel.

—Tenemos un número de contacto de un tal Raymond Dunn. Se graduó en el instituto Northbury en 1972.

Julian parpadeó y una lenta sonrisa se extendió por su apuesto rostro.

—Vaya.

Le entregué el papel.

—Deberías hacer los honores. Porque es probable que me dé un ataque de divagación por teléfono y él me bloquee por acoso. O me llame una ambulancia, no sé. Probablemente sea mejor que no me involucre en el contacto inicial.

Julian tomó el papel con el nombre y el número de Raymond y entró en su despacho. No sé si esperaba tener privacidad, pero todos le seguimos. Me senté frente a él,

Cherry se sentó a mi lado, Denise, Paul y Theo se colocaron detrás de nosotros.

Marcó el número y esperamos. Juro que podía oír el tictac del reloj.

Después de una eternidad, el teléfono se descolgó.

—¿Hola? —Era la voz de un hombre. Parecía mayor, pero no frágil.

—Ah, sí, hola —respondió Julian—. Me llamo Julian Pollard y llamo desde el centro de distribución de correo en Alexandria, Sydney. ¿Hablo con el Sr. Raymond Dunn?

—Ah sí, gracias, pero no estoy interesado, gracias.

—No, Sr. Dunn, no estoy vendiendo nada —dijo Julian rápidamente—. Esto no es... Um, el centro de distribución de correo es el nuevo nombre de la oficina de cartas muertas. Hemos encontrado algunas cartas que creemos que pueden pertenecerle.

—¿Cartas?

—Sí. Hay unas cuantas. ¿Le resulta familiar algún correo dirigido a un tal Milton James?

Todos contuvieron la respiración. Cogí la mano de Cherry.

El teléfono quedó en silencio durante un largo momento.

—Dios mío —llegó la respuesta susurrada.

—Sr. Dunn, ¿está usted ahí?

—Sí, sí. Es que... Hace mucho tiempo que no oigo ese nombre.

Julian me sonrió.

—Estas cartas han estado aquí en el centro de distribución durante mucho tiempo, Sr. Dunn. Nunca pensamos que encontraríamos al hombre que las envió.

El Sr. Dunn dejó escapar una risa ahogada. Dios,

¿estaba llorando? Por favor, que no esté llorando. No podría soportar que estuviera llorando...

Me llevé la mano libre a la cara.

—¿Está bien? —susurré.

—Sr. Dunn —dijo Julian—. ¿Está usted bien?

—Oh sí, sólo estoy... No puedo creerlo. No he pensado en esas cartas en... bueno, en mucho tiempo.

—Si le parece bien, me gustaría devolverle estas cartas. ¿Tiene una dirección postal a la que pueda enviarlas?

—Sí, por supuesto...

Julian anotó la dirección en su bloc de notas y luego la miró fijamente mientras se mordía el interior del labio.

—En realidad, señor Dunn, si le parece bien, me gustaría entregarlas personalmente en mano. Estas cartas se han convertido en una leyenda en este departamento. Desde hace más de cuarenta años. —Julian me sonrió—. Si le parece bien, me gustaría entregárselas yo mismo.

CAPÍTULO DIECISIETE

LO HABÍAMOS ENCONTRADO.

Habíamos encontrado al hombre que escribió las cartas del Queridísimo Milton James.

Se necesitó de todos, y no había forma de que yo hubiera encontrado esta información por mi cuenta. Ciertamente no tan rápido.

Pero fue una buena lección del beneficio del trabajo en equipo. Compartir casos misteriosos, o casos difíciles, o causas aparentemente perdidas, puede ser posible si ponemos en común nuestras habilidades.

Julian iba a entregar las cartas en mano a Raymond mañana, al ser sábado. No se lo dijo al resto del equipo, pero yo iba a ir con él. Era imposible que no fuera.

No parecía real, pero todos estuvimos tan contentos y entusiasmados por el resto de la tarde, que el resto del turno pasó como un borrón. Y antes de darme cuenta, Paul y Theo estaban guardando sus carros jaula. Miré la hora.

4:58pm.

Qué mierda.

Me apresuré a recoger mis cosas.

—Oh, ¿cómo fue tu cita supercaliente de anoche? —preguntó Paul mientras ordenaba su escritorio.

Casualmente, Julian salió de su despacho para llevar su taza de café al fregadero.

—Oh, muy caliente —respondí, sonriendo—. Y esta noche va a hacer aún más caliente.

—¿Por eso se te ha puesto el pelo naranja? —bromeó Theo. Sus bromas eran tan malas.

—Sí, totalmente estás en lo cierto.

—Me gusta cómo el naranja hace juego con los cordones de tus botas en lugar de todas tus botas esta vez —dijo.

Me miré los pies.

—Oh, gracias. La coordinación de colores es importante para nosotros los gais.

—Así que —dijo Paul—. Segunda cita caliente, dos noches seguidas. Debe ser algo serio.

Julian se detuvo cerca de la puerta de la sala de descanso y se volvió hacia mí. Para entonces, Theo y Cherry también estaban allí de pie, esperando mi respuesta.

Por Dios. ¿Qué se suponía que tenía que decir a eso?

Julian estaba allí mismo.

Así que decidí poner todas mis malditas cartas sobre la mesa.

—Eso espero —respondí eligiendo no mirar a Julian—. Él es increíble, dulce, inteligente, guapo y divertido. —Entonces puse las manos a unos diez centímetros de distancia—. ¿Y conoces esos enormes salamis que cuelgan en los escaparates de las charcuterías?

—Ah, es suficiente —dijo Julian entrando en la sala de descanso.

Cherry se rio.

—Sí, los conozco —dijo Paul—. No hay necesidad de ir allí.

Theo dijo:

—No entiendo... —Entonces su mirada se dirigió a la mía, con los ojos muy abiertos—. Oh.

Sí, lo entendió.

—De todos modos —dije alegremente—. Será mejor que corra si quiero coger el autobús. Tengo que ponerme guapo. —Me reí mientras salía con Cherry—. Me va a matar por eso —le dije.

Ella volvió a reírse.

—Aunque no saben de quién estás hablando.

Y entonces mi teléfono sonó. Era un mensaje de Julian. Me reí, pero luego me pregunté si se enfadaría.

¿Salami?

Lo tomé como una buena señal.

Oh, sí, por favor. Esta noche, como habías prometido, unos buenos veintitrés o veinticinco centímetros.

Su burbuja de texto apareció y desapareció, luego apareció y volvió a desaparecer. Pero entonces mi teléfono sonó. Era él. Le mostré la pantalla con su nombre a Cherry antes de pulsar "Responder".

—¿Estoy en problemas? —pregunté en lugar de saludar.

—Lo estoy considerando.

—Mm, ¿puedo elegir mi castigo?

Se rio.

—No. Entonces no sería un castigo.

—Podría fingir que no me gusta. Si eso ayuda.

Volvió a reírse.

—Te recogeré a las siete. Puede que quieras traer una bolsa con ropa para mañana si vamos a entregar estas cartas al señor Dunn.

Mmm, me iba a quedar otra noche.

—¿Necesitas que lleve algo más?

—No. Tengo todo. —Hizo una pausa—. ¿Y Malachi?

—¿Sí?

—Espero que te guste el salami.

Me reí y la línea se quedó sin efecto en mi oído. Puede que me haya sonrojado. Cherry me echó una mirada y negó con la cabeza, pero el autobús se detuvo y no pudimos sentarnos juntos porque estaba lleno.

Me despedí al bajar y me gritó:

—¡Buena suerte!

Me estaba mareando.

Esto era ridículo. Pero que me ayuden, estaba muy preparado para esta noche.

Pasé por la farmacia y conseguí condones, lubricante de sobra y unas cuantas bombas para lavados anales, y aproveché el tiempo cuando llegué a casa.

Me duché, limpiando mi cuerpo, por dentro y por fuera. Me vestí con mis vaqueros blancos ajustados, una camiseta naranja neón y una cazadora blanca. Mis botas negras con los cordones naranjas combinaban perfectamente con mi pelo.

No es que importara. No tenía intención de llevar nada durante mucho tiempo.

Puse algo de comida para Buster Jones para que no estuviera maullando en la puerta de mi balcón toda la noche, y a las siete menos cinco, mi teléfono sonó.

Ya estoy aquí.

Recogí mi bolsa, bajé las escaleras y me dirigí a su coche como un niño emocionado en la mañana de Navidad.

—Oh, salami a domicilio —dije—. Espero que hayas empacado el extra grande.

Sonrió.

—Veinticuatro centímetros, tal como lo pediste.

Me reí, pero luego…

—¿Realmente tiene veinticuatro centímetros? Porque no lo dudaría en absoluto. Pero, ¿lo has medido?

Volvió a reírse.

—Buenas noches, Malachi.

Así que eso era un sí.

—Yo también lo habría medido totalmente, si fuera mío. Seamos realistas.

Se rio un poco más.

—Así que he pedido que me entreguen la cena a las ocho y media. Me apetece vietnamita. ¿Está bien?

—Perfecto. Um... ¿Alguna razón para que no comamos durante una hora y media?

Me miró.

—Esto es lo que estaba pensando... He tenido un problema de erección desde que hablamos por teléfono. No desaparece por sí solo.

Me reí, mis entrañas se calentaron deliciosamente.

—Oh, no. ¿Es algo en lo que puedo ayudar?

—Bueno, me gustaría pensar que es culpa tuya —dijo con una sonrisa—. Sólo tengo que pensar en ti y mi cuerpo empieza a... tener mente propia. Entonces mencionaste lo del salami y si estabas en problemas y podías elegir tu propio castigo, y empecé a imaginarme lo que estoy planeando hacerte esta noche y cómo se va a sentir.

—Vale, me gusta a dónde va esto. ¿Qué planeas hacerme esta noche?

—Bueno, esa es la cuestión. Primer asalto, intermedio con la cena, de ahí el pedido para las ocho y media, y después el segundo asalto. ¿Qué te parece?

—Eso me parece una comida de tres platos. —Se rio y yo deslicé mi mano sobre su muslo y subí un poco más, y un poco más, hasta que mi meñique trazó el pliegue de su entrepierna—. Ahora sobre esa erección.

—No estoy bromeando. Tengo una erección permanente. No he estado así desde que tenía dieciséis años.

Me adelanté y palmeé su monstruosa polla, que estaba en dirección a su cadera y de cara a mí.

—Bien. Tengo la sensación de que la voy a desear mucho.

Moví mi mano y se movió en su asiento.

—Malachi —dijo con la voz tensa—. Si quieres que el primer asalto dure más de treinta segundos, vas a tener que darme un poco de margen.

Me reí y puse la mano en mi propia pierna en su lugar.

—Vale, vale.

Negó con la cabeza y terminó riendo.

—Eres un problema.

—¿Soy un problema? ¿O estoy problemas?

—Las dos cosas.

Y veinte minutos más tarde, empecé a pensar que tenía problemas de verdad.

Me encontraba desnudo en su cama, untado de lubricante, con el culo estirado y dilatado hasta que le pedí que dejara de jugar conmigo.

Pero entonces se puso un condón y se echó más lubricante, y empecé a preguntarme si realmente cabría.

Me apoyé en los codos.

—Joder.

Sonrió, me dio la vuelta para que estuviera boca abajo en su cama, y me levantó un poco el culo. Me colocó justo como él quería. Me separó, me provocó y me estiró un poco más, dedos, lengua y mucho más lubricante.

Fue en este momento cuando entré en otro reino de placer.

Todo, cada toque, cada gemido era demasiado y no suficiente. Estaba demasiado desesperado. Quería más. Quería su polla. Quería sentirlo dentro de mí. Quería recibirlo entero, sentirlo. Quería que me poseyera.

—Julian —gruñí—. Dámela.

—Oh, cariño, lo haré —susurró. Entonces sus dedos se clavaron en mis caderas y la cabeza roma de su enorme polla estaba en mi agujero.

Esto era lo que yo quería.

—Sí —respiré tratando de presionarme contra él.

Me mantuvo quieto, abierto de par en par, y empezó a empujar dentro de mí. Fue lento y suave, murmurando suaves palabras de aliento y deseo. Y empujó un poco más... El estiramiento, el ardor, era mucho.

Era demasiado.

Me agarré a las sábanas.

—Oh, joder —grité.

Julian se congeló pero no se retiró. Se quedó quieto y me frotó la espalda.

—¿Estás bien?

Respiré hondo y exhalé lentamente, y el dolor disminuyó. Julian añadió más lubricante, luego se balanceó un poco y algo pareció ceder, y se deslizó más allá del apretado anillo muscular.

Joder. ¿Era sólo la cabeza?

—Oh, Dios.

Pero entonces fue más fácil y empujó otro centímetro, luego otro. Gimió como nunca había oído gemir a un hombre. Se agarró a mis caderas y se retiró un poco para introducirse aún más.

Había tanto de él.

—Joder, Julian eres tan grande.

Se inclinó sobre mi espalda, empujando un poco más, sus labios cerca de mi oreja.

—Respira, Malachi.

—Joder. —Respiré rápidamente y finalmente, reduje la velocidad de mi respiración. Me relajé y mi mente se dirigió a ese otro lugar.

Ese otro lugar donde sólo existe el placer.

—Eso es, cariño. Respira bien y despacio para mí —murmuró de nuevo, con la voz tensa. Se quedó quieto—. Puedes tomarme, sé que puedes. Puedes con todo lo que tengo. —Entonces empezó a empujar de nuevo, dándome más y más de él, sacándola un poco para volver a empujarse dentro.

Clavé mi frente en las sábanas, arqueando la espalda, y le dejé hacer lo que quisiera con mi culo. Estaba muy dentro de mí, empujando más adentro hasta que sus dedos se clavaron en mis caderas.

—Joder. Hasta el fondo. Agh, Malachi —gimió y luego comenzó a empujar lentamente, gimiendo con cada movimiento.

O tal vez era yo.

Se oyó un ruido procedente de algún lugar de la habitación... Creo que podría haber sido yo.

Pero él me mantuvo quieto y movió sus caderas, empujando un poco más fuerte.

—Oh, cariño, no puedo durar así. Acaricia tu polla para mí.

¿Mi polla?

Dios, había olvidado que tenía una...

Y estaba sorprendentemente dura. Ni siquiera me había dado cuenta. Sí, todo se sentía tan bien, pero estaba demasiado atrapado en él, demasiado atrapado en esa sensación de euforia para pensar en mi polla.

Bastaron unas cuantas caricias para que los fuegos artificiales se encendieran detrás de mis ojos. ¿Estar tan lleno de polla era un botón mágico para mí?

Creo que sí.

Me corrí como una tonelada de ladrillos y Julian se abalanzó sobre mí, gimiendo largo y tendido mientras llenaba el condón dentro en mi interior. Sentí cada pulso y cada sacudida de su polla, y cada gemido me hizo vibrar.

Nunca había sentido nada igual.

Se retiró de mí lenta, muy lentamente, y luego se desplomó sobre mi espalda, respirando con dificultad y susurrando dulces palabras en mi oído. Su polla, aún dura, estaba metida entre mis piernas, y, que Dios me ayude, quería más.

Incluso después de todo eso.

Moví un poco el culo.

—¿Más?

Julian se rio.

—¿Quieres cenar primero?

—No.

Se quedó quieto.

—¿Estás hablando en serio?

—Creo que voy a querer mucho más. Ya te lo dije.

Entonces, sin decir nada más, Julian se bajó de la cama y me arrastró por el tobillo para que mi culo quedara a un lado de la cama. Se quitó el condón usado, se dio unas cuantas caricias y se puso un condón nuevo. Abrió la tapa del lubricante, lo vertió sobre los dos, colocó mis caderas sobre el borde de la cama para que mi culo quedara a la altura perfecta, y se deslizó directamente en mi interior.

Hasta el fondo.

—Oh, Dios mío —gemí agarrando y arremolinando la ropa de cama.

Me susurró al oído, con las manos en mis caderas y la polla enterrada dentro de mí.

—Te dije que no había estado tan caliente desde que

tenía dieciséis años. Quiero follarte toda la noche. No sé lo que me has hecho. Pero quiero más.

Me derretí en un pozo de lava ardiente y él hizo exactamente lo que dijo que iba a hacer.

Excepto que esta vez, los fuegos artificiales detrás de mis ojos eran cegadores, el placer era tan envolvente, tan completo, que todo mi cuerpo temblaba y se convulsionaba.

Había encontrado mi próstata.

Cuando terminó, cuando no pude aguantar más, me acunó en sus brazos.

Nunca volvería a ser el mismo. Me sentí recompuesto y humillado, y muy posiblemente un poco enamorado.

Comimos la comida vietnamita un poco fría, pero no me importó lo más mínimo. Luego me duchó, me lavó, con ternura en cada toque y volvimos a la cama.

Aunque esta vez a dormir. Me atrajo directamente a sus brazos, su agarre sobre mí encantador y seguro, besos infrecuentes en mi cabello.

Quería darle las gracias. Quería decirle que era increíble y que podía llamarme en cualquier momento. No importaba en qué parte del mundo me encontrara, vendría a él, estaría desnudo con el culo al aire en cualquier momento que quisiera.

Eso era una muestra del activo perfecto. Bueno, al menos para mí.

Pero dos orgasmos alucinantes después, una barriga llena de comida y unos brazos fuertes a mí alrededor y todas las cosas que quería decir se esfumaron cuando cerré los ojos.

DORMÍ como un muerto y me desperté con un Julian sonriente que deslizaba una bandeja con tostadas y café sobre la cama.

—Buenos días, dormilón.

Tuve que parpadear un par de veces.

—Hola.

—Tenemos que irnos pronto —dijo—. Si quieres venir conmigo a entregar estas cartas al señor Dunn.

Me senté, todavía desnudo, y me subí las sábanas para ocultar mis trastos. Sorbí mi café. Estaba divino.

—¿Qué hora es?

—Las ocho y media.

—Nunca he dormido tan bien.

—Creo que te he agotado.

—Puedes agotarme así cuando quieras.

Gimió.

—¿Estás adolorido esta mañana?

Moví mi trasero, haciendo un balance mental de cualquier dolor o molestia.

—No. Me siento bien. —Y lo estaba. No era mentira. Todos los estiramientos y preparativos de los que me había quejado en su momento me habían servido de mucho—. Sabes lo que haces. Estaba en muy buenas manos.

Se sonrojó un poco.

—Me gusta cuidarte.

Cogí una rebanada de pan tostado.

—Hiciste más que eso. Y me has traído el desayuno a la cama. Me siento como un rey.

Sonrió.

—Voy a darme una ducha. No tardaré mucho.

NO SE ME ocurrió realmente lo que estábamos a punto de hacer hasta que estuvimos en el coche y conduciendo hacia las Playas del Norte para ir a encontrarnos con Raymond.

Nos íbamos a encontrar con el hombre *del* Queridísimo Milton James. Le estábamos devolviendo sus cartas después de todo este tiempo.

Esas cartas que habían permanecido ahí durante tanto tiempo...

Traté de prepararme para las malas noticias. Era una posibilidad. En realidad, era más que probable que terminara en alguna mala noticia.

Que no volviera a ver a su amante.

Que se vieran pero no pudieran estar juntos, que tuvieran que casarse con chicas aunque siguieran amándose.

O tal vez Raymond nos diría que cada carta era una completa ficción. Que todo esto había sido una historia inventada con la esperanza de que se leyera en antena.

No estaba seguro de qué sería peor.

—Aquí es —dijo Julian acercándose al bordillo. La casa era bonita, pintoresca y probablemente valía una fortuna, dada su ubicación. A Raymond le había ido bien, obviamente.

Esperaba que fuera feliz.

Con una sonrisa nerviosa y un corazón hundido, salí del coche. Julian estaba a mi lado, pero me detuve frente a la puerta.

—Dios, Julian, ¿y si...?

—Oye —respondió Julian con suavidad—. Lo que diga, lo que haga con las cartas está bien. No hay reacción equivocada, y lo que diga o haga es la respuesta correcta para él.

Asentí. Tenía razón. Siempre tenía razón. No teníamos ningún control sobre la reacción de Raymond. Podíamos devolverle las cartas y seguir nuestro camino sin siquiera conversar.

Eso era todo.

Entonces nuestro trabajo estaría hecho.

Con un movimiento de cabeza, Julian me dio un apretón en el brazo y me abrió la puerta. Caminé por el pequeño sendero, subí los tres escalones del porche y, respirando profundamente, pulsé el timbre.

Un ladrido de perro resonó al otro lado de la puerta, luego...

—Oh, Penélope, cállate. —Entonces la puerta se abrió y un hombre estaba allí. Tendría unos setenta años, supongo, con el cabello corto y pulcro, ojos azules y una cara amable. Llevaba en brazos un pomerania, que supuse que era Penélope.

—¿Raymond Dunn? —le pregunté.

Sonrió con cautela.

—¿Sí?

Me llevé la mano al pecho.

—Me llamo Malachi Keogh y él es Julian Pollard. Somos de la Oficina de Cartas Muertas. —Sabía que Julian odiaba que la llamaran así—. Llamamos ayer por unas cartas encontradas.

Su sonrisa se amplió.

—Sí, pasen, por favor.

CAPÍTULO DIECIOCHO

RAYMOND DUNN, o Ray, como nos dijo, nos hizo pasar a su salón, llevando todavía a su perrita bajo el brazo.

—¿Puedo ofreceros algo de beber?

—No, estoy bien, gracias —respondí.

—No, gracias —dijo Julian.

Nos sentamos en el asiento doble. Ray tomó el individual. La habitación estaba llena de muebles caros, magníficas piezas de arte decorativo y cuadros en las paredes. También había fotografías. Eran piezas de todo el mundo, por lo que pude ver. Estaba claro que había vivido una vida plena.

Penélope estaba sentada en las rodillas de Ray, y aunque era mona, no me hacía ilusiones sobre su capacidad para matarme y deshacerse de mis restos.

Julian sacó las cartas de su mochila y, todavía con el cordel atado, se las entregó a Ray como si le estuviera entregando el Santo Grial.

Ray las sostuvo y dejó escapar una carcajada. Se le saltaron las lágrimas.

—Dios mío. —Volvió a reírse—. No puedo creerlo. —

Tiró del cordel y abrió la primera carta. Luego nos miró y se llevó la mano a la boca—. No puedo creer que hayan sobrevivido todo este tiempo. ¿Cómo? ¿Cómo están todavía intactas? ¿Dijiste que estuvieron en vuestra oficina durante cuarenta años? ¿Cómo habéis podido rastrearlas hasta mí?

Julian asintió.

—Como no tenían dirección de entrega ni de devolución, llegaron a la Oficina de Cartas Muertas. Se perdieron durante un tiempo, creemos. Se encontraban en el fondo de una estantería o de un armario donde debieron de pasar veinte años. Después, la Oficina de Cartas Muertas se trasladó a un nuevo almacén y, cuando se desmontó todo, se encontraron. Alguien tuvo el buen tino de guardarlas a un lado y no tirarlas a los archivos o destruirlas. —Julian se encogió de hombros—. Llevaban en mi despacho todo el tiempo que se sabe. Me dijeron que la gente había intentado encontrar su casa, pero que no habían tenido suerte.

Ray leía las cartas y asentía. Todavía tenía los ojos llorosos pero estaba contento, incluso asombrado.

—Dios mío, me acuerdo de esto. Escribí sobre Deidre siendo molesta. —Se rio pero luego se puso triste—. Mi hermana pequeña. Murió en 1992.

Oh no.

—Lo siento mucho —susurré.

Él sonrió agradecido.

—No, está bien. Me había olvidado de esto. Nos siguió todo el día. Fuimos a nadar. Era un recuerdo olvidado, así que gracias.

Hojeó otra página, moviendo la cabeza con asombro.

—¿Cómo supisteis que era yo?

—Bueno —comencé—, juntamos todas las pistas. Había una mención al propietario de la ferretería, y la mayoría de los registros comerciales archivados están ahora en línea.

Sinceramente, sin Internet no habríamos llegado a ninguna parte. Pero encontrar el registro de la ferretería nos dio a Northbury como pueblo. —Le sonreí—. Los demás miembros de nuestro equipo aportaron su granito de arena. Cherry encontró el pueblo. Denise descubrió el programa de radio llamado *Queridísimo Milton James*. Theo buscó en los anuarios del instituto de Northbury y encontramos a unos cuantos Raymonds, dado que no sabíamos en qué año te graduaste, así que fue un proceso de eliminación. Y Paul siguió las pistas sobre las menciones de Duntroon.

Y ahí estaba. La mención de Duntroon, del ejército, de la guerra.

Julian habló a continuación.

—Pudimos encontrar a cuatro hombres de la zona del consejo de Milldale que se alistaron a través de la conscripción. Pero a fin de cuentas, no teníamos derecho a encontrar a esa persona. Podíamos encontrarte a ti, el autor de las cartas, sí. Pero dado que habías utilizado un alias para el hombre al que escribías, decidimos hacer honor a eso y mantener su identidad en secreto también.

Deslicé mi mano sobre la de Julian y la apreté, dedicándole una sonrisa.

—Julian lo decidió y tenía razón.

Ray nos miró entonces, dándose cuenta de que, sí, estaba cogiendo la mano de Julian. Asintió y volvió a sus cartas.

—Os lo agradezco mucho.

Tenía que saber...

—Sr. Dunn, ¿es...? El hombre al que escribiste... ¿Volviste a verlo?

—Malachi —advirtió Julian.

—Lo siento —añadí rápidamente—. Es que... Sé que no es asunto mío, pero estas cartas significan mucho. Son preciosas, y mi pequeño corazón romántico tiene que saberlo. ¿Fuiste a la universidad? ¿O aceptaste el trabajo en el ayuntamiento con tu tía? ¿Lo volviste a ver?

Ray volvió a reírse, llevándose una carta al pecho.

—Oh, me recuerdas a mí. Bueno, a un yo mucho más joven, eso es. Sí, fui a la universidad. Me convertí en profesor de inglés, y di clases de inglés y teatro en el instituto durante más de cuarenta y cinco años. Me encantaba hasta el peor día. —Suspiró—. Llevo siete años jubilado.

—Eso es increíble —dije—. Me alegro mucho de oírlo.

—Y Steve —dijo con nostalgia—. Parece que fue hace toda una vida. Supongo que fue...

¿Steve?

Steve no era uno de los dos nombres que teníamos.

Pero había un Steven. El tío del ejército cuyo registro no tenía detalles. Todo había sido redactado, aparentemente.

—¿Su nombre era Steve? —pregunté—. ¿Steven?

Ray ladeó la cabeza y luego se rio.

—No era, es. Steve sigue vivo. Bueno, creo que lo está. Salió a por leche y aún no ha vuelto a casa. Pero las fragatas han estado subiendo y bajando por la costa esta semana y probablemente las esté vigilando. Verás, pasó cuarenta y ocho años en el ejército. Y puedes sacar a un hombre del ejército, pero no puedes sacar al ejército del hombre. —Suspiró, sonriendo con cariño—. Por supuesto que los militares sabían de nosotros, pero simplemente fingían que no lo sabían. Probablemente porque ya sabía demasiado, nunca pudieron despedirlo.

—Espera... ¿Se fue a por leche? —pregunté—. ¿Tú... tú y Steve... El hombre al que escribiste estas cartas... Vives con él?

Ray estaba muy contento.

—Oh, sí. Estamos juntos desde 1972. Nos casamos en

1992. Tuvimos una ceremonia civil en Dinamarca. No es que signifique mucho aquí en Australia, pero fue real para nosotros. Tuvimos nuestra segunda boda aquí en 2018.

Sinceramente, podría haber llorado.

Malditas lágrimas.

—No voy a llorar —dije y Julian se rio y soltó mi mano para frotar mi espalda—. Lo siento, pensé con seguridad que algo malo había sucedido. Las cartas dejaron de llegar después de que él se fuera a Duntroon, así que, por supuesto, mi mente pensó en algo terrible. Estoy muy aliviado.

Ray se rio.

—Se fue a Duntroon, y yo me fui a la universidad no mucho después. Cuando supimos que no iba a salir del país, nos escribimos, manteniendo nuestras cartas muy codificadas, como puedes imaginar. Él fue directamente a la administración, afortunadamente. Y en un año fue trasladado a Holsworthy y a la inteligencia de defensa.

Bueno, eso explicaría por qué todo estaba redactado.

Ray sonrió ante algún recuerdo lejano.

—Holsworthy estaba mucho más cerca de mi universidad. Venía de visita cada vez que podía. —Penélope bajó de un salto y corrió hacia la puerta, ladrando ahora con entusiasmo—. Steve ya está en casa —dijo Raymond.

Oímos que la puerta se abría y una voz grave que murmuraba, supuse, al perro. Y entró un hombre alto, de complexión gruesa, con el cabello gris oscuro corto y cuidado, una mandíbula fuerte y cejas pobladas. Tenía una botella de leche en una mano y a Penélope en el otro brazo. Tendría setenta y tantos años, pero parecía capaz de partirme la cara con una sola palabra dura.

Julian y yo nos pusimos de pie y Ray se unió a nosotros.

—Steve, mi amor, pasa. Quiero que conozcas a esta encantadora pareja de la oficina de cartas.

¿Pareja?

Creía que éramos una pareja.

No le corregí, y tampoco lo hizo Julian.

Steve nos miró como si estuviéramos en una sala de interrogatorios.

—Oh, para, los estás asustando —dijo Ray con una carcajada. Nos presentó por su nombre y le estrechamos la mano, y sí, su agarre era como una garra de ave rapaz.

No sabía si llorar o saludarle.

Ray cambió entonces la leche y a Penélope por el montón de cartas.

—Aquí están las cartas de las que te hablé. —Raymond hizo que Steve se sentara en la silla y nos sonrió—. Todavía no puedo creer que las tuvierais después de todos estos años.

Julian y yo volvimos a sentarnos, con la espalda más recta que antes. Me sentí aliviado de que el Sr. Militar tuviera el mismo efecto en Julian que en mí.

Steve nos observó durante un segundo escrutador, tal vez mirando lo cerca que estábamos sentados, probable-mente tratando de determinar si éramos pareja y, por asocia-ción, cuánto divulgaría de su vida personal delante de extraños. Después de llegar a alguna conclusión mental, miró el primer sobre.

—Queridísimo Milton James. —Negó con la cabeza—. Hacía tiempo que no oía ese nombre. —Luego abrió la primera carta—. Tu letra no ha cambiado, amor.

Y mi corazón se derritió un poco.

Ray se sentó en el reposabrazos y mantuvo su mano en el hombro de Steve. Leyó por encima dos cartas, hojeó una tercera, luego la dobló limpiamente y la volvió a meter en el sobre. No abrió la cuarta.

Julian me dio una palmadita en la rodilla.

—Deberíamos irnos. Gracias por ser tan acogedores. Me alegro mucho de que por fin hayamos podido entregar las cartas a su legítimo propietario. Ha sido un honor, en realidad, conoceros a los dos por fin.

Se levantó y yo le seguí. Probablemente podría haberme quedado escuchando su historia de amor todo el día, pero era bastante obvio que Steve estaba un poco emocionado.

Les debíamos a ambos el poder leer estas cartas en privado.

—Gracias a los dos —dije—. Por ser el feliz para siempre que estas cartas merecen. Las recordaré siempre.

—Oooh. —Ray se levantó y me dio un rápido abrazo. No me lo esperaba, pero fue muy dulce. Se apartó y nos miró a los dos—. Me recordáis a cierta pareja joven en estas cartas. —Luego señaló con el pulgar a Steve—. Solía llamarme su pequeño rayo de sol, ya sabes.

Steve frunció el ceño.

—Todavía te llamo así.

Ray puso los ojos en blanco y le di un codazo a Julian.

—Yo soy el rayo de sol, por cierto.

Julian intentó no sonreír.

—Lo sabemos.

Sonreí a Ray.

—Gracias.

Puso su mano en mi antebrazo.

—No, gracias a *vosotros*.

Nos despedimos por última vez y bajé las escaleras, caminamos y salí por la puerta, todo ello sin llorar. Pero entonces llegué a la mitad del camino hasta el coche y las lágrimas aparecieron.

Julian lo vio y, con el ceño fruncido, tiró de mí para darme un abrazo.

—¿Estás bien?

Asentí contra él.

—Lágrimas de felicidad. Estoy muy feliz.

Lo cual era tan obvio, dado que estaba sollozando en sus brazos.

—Un final perfecto ¿verdad?

Asentí de nuevo.

—Tan perfecto. Han estado juntos durante cincuenta años. Pensé que seguramente iba a decir que había muerto, pero no, estaba comprando leche y mirando los barcos en el océano.

Era tan jodidamente adorable que lloré más intensamente.

Julian se rio y me frotó la espalda, besando el lado de mi cabeza.

—¿Quieres ir a por pescado y patatas fritas mientras estamos en las Playas del Norte? Podemos sentarnos a ver los barcos en el océano.

Me aparté y me limpié la cara.

—Eso sería perfecto. Siento haber llorado.

Me levantó la barbilla y me besó dulcemente.

—No te disculpes nunca por tener corazón, Malachi.

EPÍLOGO
CUATRO AÑOS DESPUÉS

ENTRÉ en la sala de descanso con un pastel de cumpleaños con forma de gato y la deslicé sobre la mesa, debajo del santuario de Glenda.

—¡Feliz cumpleaños Glenda! —le dije.

—¡Sí, pastel! —gritó Denise cogiendo rápidamente algunos platos del armario.

—Y este año no me voy a comer el trasero del gato —advertí—. Me ha tocado todos los años desde que empecé. Le toca a otro.

Cherry sonrió mientras sacaba unos cubiertos del cajón.

—Este año me tocará el trasero.

Choque su cadera con la mía mientras desenrollaba un poco de papel de cocina.

—Sí, esposita, te toca el trasero.

Cherry y yo nos llamábamos esposita todo el tiempo. Empezó como esposa de trabajo y se acortó con los años.

Julian entró y fingió no haberme oído. Ya no le sorprendían muchas cosas que salían de mi boca. Ya no sorprendía a nadie.

Sí, llevaba más de cuatro años en mi trabajo. Un récord

del que mi padre estaba muy orgulloso. Y sí, Julian y yo celebraríamos nuestro cuarto aniversario en unas semanas. Y llevábamos tres años viviendo juntos. ¿Era mucho vivir y trabajar juntos? Tal vez para otras personas, pero no para nosotros. Habíamos sido inseparables desde el primer día, básicamente. Pasábamos todos los días y las noches juntos cuando vivíamos separados, era lógico que nos mudáramos juntos. Su casa era más que grande, y mi alquiler le ayudaba a pagar su ridícula hipoteca.

Y eso significaba que teníamos sexo ardiente todo el tiempo. Como *todo* el tiempo. Teníamos tanto sexo que mi mejor amiga Moni empezó a enviarme fotos de culos rotos. Dejó de hacerlo cuando empecé a enviarle memes de "gracias, ha sido delicioso".

En realidad no me parecieron deliciosos, pero le dije que mi anatomía podía soportar la de él sin problemas. Más que bien, en realidad, sobre todo con el aspecto que tenía después de mí. Sólo estaba preocupada por mi trasero, lo cual agradecí, pero quería a Julian y sabía que nunca me haría daño.

Julian me preparó un café mientras yo cortaba un poco de tarta, y luego le cantamos el cumpleaños feliz a Glenda. Era un ritual de todos los años, y no, nunca la conocí pero dejó de ser raro hace mucho tiempo.

Ahora simplemente me dejaba llevar.

Mientras comíamos la tarta, Theo nos contaba todo sobre su nuevo sistema de compostaje para el jardín, que era un poco asqueroso pero estaba entusiasmado, y era difícil no querer a un Theo feliz. Salió con la bibliotecaria de Milldale durante un corto periodo de tiempo, pero eso se esfumó y ahora llevaba casi un año saliendo con una agradable mujer llamada Yvonne. Se conocieron en una convención de maquetas de trenes, así que el compostaje fue un buen cambio de tema respecto a los trenes de juguete. Si es que podéis creer eso.

Ignorando a Theo, Paul señaló su periódico.

—Oye, Malachi, tu pareja Queridísimo Milton James está en el periódico.

Le miré fijamente.

—¿Son los obituarios? Porque, Dios mío, Paul, más vale que no lo sean.

—No, no están muertos —dijo mirándome como si yo fuera el raro—. Le dieron las cartas al Museo de la Guerra de Australia. Es un escrito de páginas enteras.

—Oh, Dios... déjame ver —susurré, dándole la vuelta al papel para que todos pudiéramos leerlo.

Había una fotografía de Ray y Steve en su casa, con el mismo aspecto alegre de hace cuatro años. Estaban juntos, sonriendo a la cámara, un primer plano de las cartas sobre la mesa delante de ellos, todavía con el cordel atado alrededor, las palabras Queridísimo Milton James en la parte superior.

Entregaron las cartas al museo, lo que supuso una importante contribución por su contenido LGBTQ. Estaban orgullosos de poder compartir las cartas, mostrando la necesidad de ocultar quiénes eran hace tantos años. Algo que ya no necesitaban hacer.

Se mencionaba brevemente el tiempo que Steve pasó en las fuerzas de defensa, aunque no se mencionaba nada sobre inteligencia, su nivel de autorización de seguridad o su expediente redactado. Se centraba sobre todo en Ray, ya que era el autor.

Leí la última parte en voz alta.

—"Las cartas fueron salvadas por la Oficina de Cartas Muertas, dice Ray".

—El centro de distribución de correo —corrigió Julian en voz baja. Era un idiota.

Continué leyendo en voz alta.

—"Llevaban casi cuatro décadas almacenados hasta que una simpática y buena pareja que trabaja en la oficina decidió intentar encontrar al legítimo propietario".

—Oooh —dijo Denise—. Os ha llamado una simpática y buena pareja.

—Somos una simpática y buena pareja —respondí.

—Bueno, Julian es simpático —dijo Cherry. Me quedé boquiabierto, ofendido. Ella puso los ojos en blanco—. Malachi, he oído los comentarios sentenciosos que haces sobre *Drag Race* después de unos cuantos vinos. Simpático no es la palabra que yo usaría.

Respiré hondo y me elevé por encima de una respuesta sarcástica.

—Voy a abrir vacantes para una nueva esposa de trabajo. Por favor, estad atentos.

Cherry se echó a reír, pero luego volvió a mirar el periódico.

—Es un buen artículo. Deberíamos ponerlo en el tablón debajo de Glenda.

—Ooh, gran idea. —Todo el artículo era encantador y la foto de ellos me puso muy cachondo—. Siguen siendo adorables. Miradlos.

Paul sacó la página del periódico y la pegó en la pared debajo del altar de Glenda. Todos se tomaron un momento para apreciarlo pero volvieron a sus cafés y a más pastel.

Excepto Julian y yo. Nos quedamos mirando la foto un poco más. Julian me rodeó con su brazo y me besó la sien. Era raro que nos mostráramos algún tipo de afecto en el trabajo -simplemente no lo hacíamos-, pero esto estaba justificado.

—Así seremos nosotros un día —murmuró—. Dentro de cincuenta años.

Nunca me cansaría de oírle decir cosas así.

—Sí, así será —respondí. No tenía ninguna duda. Éramos absolutamente perfectos el uno para el otro, en todos los sentidos.

Señalé con la cabeza la foto.

—Yo seré el guapo.

Julian se rio.

—Sí, lo serás. Y yo seré quien cuide al guapo.

—Sí, lo serás.

Suspiró y volvió a besar el costado de mi cabeza.

—Para siempre, Malachi.

—Hmm, mi segunda palabra con S favorita.

Se rio.

—Ponte a trabajar.

Sonreí.

—Sí, jefe.

fin

SOBRE LA AUTORA

N.R. Walker es una autora australiana que adora su género, el romance gay. Le encanta escribir y pasa demasiado tiempo haciéndolo, pero no lo haría de otra manera.
Es muchas cosas: madre, esposa, hermana y escritora. Tiene chicos guapos, muy guapos, que viven en su cabeza, que no la dejan dormir por las noches sino les da vida con palabras.
Le gusta que hagan sucias, sucias cosas... pero le gusta aún más que se enamoran.
Solía pensar que tener gente en su cabeza hablándole era raro, hasta que un día se encontró con otros escritores que le dijeron que era normal.
Desde entonces, se dedica a escribir...

Correo Electrónico: nrwalker@nrwalker.net

Blind Faith
Through These Eyes (Blind Faith #2)
Blindside: Mark's Story (Blind Faith #3)
Ten in the Bin
Gay Sex Club Stories 1
Gay Sex Club Stories 2
Point of No Return – Turning Point #1
Breaking Point – Turning Point #2
Starting Point – Turning Point #3
Element of Retrofit – Thomas Elkin Series #1
Clarity of Lines – Thomas Elkin Series #2
Sense of Place – Thomas Elkin Series #3
Taxes and TARDIS
Three's Company
Red Dirt Heart
Red Dirt Heart 2
Red Dirt Heart 3
Red Dirt Heart 4
Red Dirt Christmas

Cronin's Key
Cronin's Key II
Cronin's Key III
Cronin's Key IV - Kennard's Story
Exchange of Hearts
The Spencer Cohen Series, Book One
The Spencer Cohen Series, Book Two
The Spencer Cohen Series, Book Three
The Spencer Cohen Series, Yanni's Story
Blood & Milk
The Weight Of It All
A Very Henry Christmas (The Weight of It All 1.5)
Perfect Catch
Switched
Imago
Imagines
Imagoes
Red Dirt Heart Imago
On Davis Row
Finders Keepers
Evolved
Galaxies and Oceans
Private Charter
Nova Praetorian
A Soldier's Wish
Upside Down
The Hate You Drink
Sir
Tallowwood
Reindeer Games
The Dichotomy of Angels
Throwing Hearts

Pieces of You - Missing Pieces #1
Pieces of Me - Missing Pieces #2
Pieces of Us - Missing Pieces #3
Lacuna
Tic-Tac-Mistletoe
Bossy
Code Red

Títulos en Audio

Cronin's Key
Cronin's Key II
Cronin's Key III
Red Dirt Heart
Red Dirt Heart 2
Red Dirt Heart 3
Red Dirt Heart 4
The Weight Of It All
Switched
Point of No Return
Breaking Point
Starting Point
Spencer Cohen Book One
Spencer Cohen Book Two
Spencer Cohen Book Three
Yanni's Story
On Davis Row
Evolved
Elements of Retrofit
Clarity of Lines
Sense of Place

Blind Faith
Through These Eyes
Blindside
Finders Keepers
Galaxies and Oceans
Nova Praetorian
Upside Down
Sir
Tallowwood
Imago
Throwing Hearts
Sixty Five Hours
Taxes and TARDIS
The Dichotomy of Angels
The Hate You Drink
Pieces of You
Pieces of Me
Pieces of Us
Tic-Tac-Mistletoe
Lacuna
Bossy
Code Red

Lecturas Gratuitas:

Sixty Five Hours
Learning to Feel
His Grandfather's Watch (And The Story of Billy and Hale)
The Twelfth of Never (Blind Faith 3.5)
Twelve Days of Christmas (Sixty Five Hours Christmas)
Best of Both Worlds

Títulos Traducidos:

Italiano

Fiducia Cieca (Blind Faith)
Attraverso Questi Occhi (Through These Eyes)
Preso alla Sprovvista (Blindside)
Il giorno del Mai (Blind Faith 3.5)
Cuore di Terra Rossa Serie (Red Dirt Heart Series)
Natale di terra rossa (Red dirt Christmas)
Intervento di Retrofit (Elements of Retrofit)
A Chiare Linee (Clarity of Lines)
Senso D'appartenenza (Sense of Place)
Spencer Cohen Serie (including Yanni's Story)
Punto di non Ritorno (Point of No Return)
Punto di Rottura (Breaking Point)
Punto di Partenza (Starting Point)
Imago (Imago)
Il desiderio di un soldato (A Soldier's Wish)
Scambiato (Switched)
Galassie e Oceani (Galaxies and Oceans)

Francés

Confiance Aveugle (Blind Faith)
A travers ces yeux: Confiance Aveugle 2 (Through These Eyes)
Aveugle: Confiance Aveugle 3 (Blindside)
À Jamais (Blind Faith 3.5)
Cronin's Key Series
Au Coeur de Sutton Station (Red Dirt Heart)

Partir ou rester (Red Dirt Heart 2)
Faire Face (Red Dirt Heart 3)
Trouver sa Place (Red Dirt Heart 4)
Le Poids de Sentiments (The Weight of It All)
Un Noël à la sauce Henry (A Very Henry Christmas)
Une vie à Refaire (Switched)
Evolution (Evolved)
Galaxies et Océans (Galaxies and Oceans)

Alemán

Flammende Erde (Red Dirt Heart)
Lodernde Erde (Red Dirt Heart 2)
Sengende Erde (Red Dirt Heart 3)
Ungezähmte Erde (Red Dirt Heart 4)
Vier Pfoten und ein bisschen Zufall (Finders Keepers)
Ein Kleines bisschen Versuchung (The Weight of It All)
Ein Kleines Bisschen Fur Immer (A Very Henry Christmas)
Weil Leibe uns immer Bliebt (Switched)
Drei Herzen eine Leibe (Three's Company)
Über uns die Sterne, zwischen uns die Liebe (Galaxies and Oceans)
Unnahbares Herz (Blind Faith 1)
Sehendes Herz (Blind Faith 2)

Tailandés

Sixty Five Hours (Traducción al Tailandés)
Finders Keepers (Traducción al Tailandés)

Español

Sesenta y Cinco Horas (*Sixty Five Hours*)
Código Rojo (*Code Red*)
Queridísimo Milton James (*Dearest Milton James*)

Chino

Blind Faith (*Traducción al Chino*)

www.ingramcontent.com/pod-product-compliance
Lightning Source LLC
Chambersburg PA
CBHW060811190726
48285CB00002B/627